ein Ullstein Buch

ÜBER DAS BUCH:

»Jeder Mensch ist auf einer Art Reise«, sagt Jakob, 82, zu Adele, 75, »und hat gewisse Vorstellungen von seinem Ziel, von einem Ziel, das in irgendeiner Ferne liegt. Wir haben es Feuerland genannt.« In ebenso amüsanten wie nachdenklichen Szenen werden Vorbereitung und Durchführung ihrer gemeinsamen Reise geschildert, die schließlich am romantischen Ortasee in Italien endet. – Daß gerade diese Folge der beliebten Fernsehserie *Jakob und Adele* mit Carl-Heinz Schroth und Brigitte Horney ein besonders großes Zuschauerecho hatte, war für Herbert Reinecker Anlaß, die Episode in Buchform wiedererstehen zu lassen. Die Offenheit und Unvoreingenommenheit, die Begeisterungsfähigkeit und Versponnenheit der beiden junggebliebenen Alten machen den Reiz dieses Buches aus.

DER AUTOR:

Herbert Reinecker, 1914 als Sohn eines Reichsbahnbeamten in Hagen (Westfalen) geboren. Abitur, journalistische Tätigkeit, im Zweiten Weltkrieg Kriegsberichterstatter. 1953 entstand sein Bestseller-Roman *Kinder, Mütter und ein General* (auch erfolgreich verfilmt). In den folgenden Jahren schrieb Reinecker rund 40 Filmdrehbücher *(Canaris, Anastasia u. v. a.)*. In den sechziger Jahren wandte er sich zunehmend dem Fernsehen zu *(Der Kommissar, Derrick)* und gilt inzwischen als der meistbeschäftigte deutsche Fernsehautor.

Herbert Reinecker

# Jakob und Adele auf der Reise nach Feuerland

Eine Romanze

ein Ullstein Buch

ein Ullstein Buch
Nr. 22006
im Verlag Ullstein GmbH,
Frankfurt/M – Berlin

Ungekürzte Ausgabe

Umschlagentwurf:
Hansbernd Lindemann
Foto: Peter Bischoff

Taschenbuchausgabe mit Genehmigung
der F. A. Herbig Verlagsbuchhandlung,
München · Berlin

Printed in Germany 1988
Druck und Verarbeitung:
Presse-Druck Augsburg
ISBN 3 548 22006 1

Oktober 1988
11.-20. Tsd.

Vom selben Autor
in der Reihe
der Ullstein Bücher:

Die Frauen von Berlin (20570)
Jakob und Adele (20940)

CIP-Titelaufnahme
der Deutschen Bibliothek

**Reinecker, Herbert:**
Jakob und Adele auf der Reise nach
Feuerland: e. Romanze/Herbert
Reinecker. – Ungekürzte Ausg., 11.-20. Tsd.
Frankfurt/M. ; Berlin : Ullstein, 1988
(Ullstein Buch ; Nr. 22006)
ISBN 3-548-22006-1
NE: GT

Jakob wachte auf und wußte sofort: Heute ist ein besonderer Tag. Adele wachte auf, aber sie hatte keine Ahnung und durchaus nicht das Gefühl, einem besonderen Tag entgegenzuleben, aber es war ja auch Jakobs besonderer Tag.

Adeles Tochter Marianne suchte ihre Mutter, klopfte an die Badezimmertür: »Mama, kannst du ans Telefon kommen? Jakob ist am Apparat.«

Adele warf eilig den Morgenmantel über und ging an das Telefon.

»Hallo, Jakob, ist etwas passiert?«

»Wie man es nimmt. Warum fragen Sie?«

»Du lieber Himmel, Jakob. Es ist kurz nach sieben Uhr morgens. Ich habe den Schlaf noch in den Augen und nicht nur da, ich bin froh, daß Sie mich nicht sehen können.«

»Wie sehen Sie denn aus?«

»So, daß auch Ihre Nachsicht, die bemerkenswert ist, sich schnell erschöpfen würde.«

»Ach, Adele«, sagte Jakob, »ich bin aufgestanden mit der Sonne. Wir erschienen beide gleichzeitig am Horizont und einer so frisch wie der andere.«
»Jakob«, erwiderte Adele streng, »da sind wir wieder bei unserem alten Thema. Man kann morgens nicht frisch aussehen. Frisch auszusehen ist eine Arbeit, der ich mich gerade unterziehe und die immer mühsamer wird. Wo sind Sie gerade? Kann das sein, daß ich im Hintergrund Hühner gackern höre?«
»Sie hören richtig, Adele. Ich bin mit der Sonne nach Westen gewandert. Ich bin in Schlachtensee.«
Adele holte tief Luft, fragte besorgt: »Schlachtensee? Um sieben Uhr morgens? Jakob, es muß etwas passiert sein.«
»Sie haben nicht ganz unrecht, Adele. Es ist etwas passiert, und es passiert immer noch.«
»Können Sie darüber reden?«
»Deswegen rufe ich ja an. Kürzen Sie die Arbeit des Frischmachens ab, eine Arbeit, die Sie sowieso nicht nötig haben, setzen Sie sich in die S-Bahn und kommen Sie zu mir.«
»Aber mein Frühstück steht auf dem Tisch.«
»Ich rufe aus einem Gartenlokal an. Und habe selber gerade Frühstück bestellt. Und zwar zweimal. Das Huhn, das Sie gehört haben, war das Huhn,

dem man das Ei weggenommen hat, das Sie bekommen sollen. Wollen Sie es gebraten oder gekocht?«

»Gekocht, Jakob«, sagte Adele seufzend, ging zurück ins Badezimmer, versuchte sich die Haare in einer Weise zu kämmen, die zu Schlachtensee passen könnte.

Dann begab sie sich zur S-Bahn, wunderte sich über die vielen Leute, die alle ebenfalls mit der Sonne aufgestanden waren und nun unterwegs waren, nicht unbedingt nach Westen. Schlachtensee lag im Frieden eines ruhigen Morgenlichtes. Adele fand das Lokal, das Jakob ihr beschrieben hatte.

Viele leere Tische, nur ein Tisch war besetzt. An diesem Tisch saß Jakob, und dies in einer bemerkenswerten Weise, wie Adele fand.

Er saß regungslos, ein wenig zusammengesunken, dennoch mit erhobenem Kopf, schien den Blick auf einen imaginären Punkt gerichtet zu haben, der sich in der Nähe des Horizontes befand, vielleicht sogar ein bißchen darüber hinaus. Jakob war umgeben von Hühnern, die ihn akzeptiert zu haben schienen als einen der ungefährlichen Angehörigen dieser Welt, die natürlich auch die Welt der Hühner ist.

»Hallo, Jakob«, sagt Adele, »die Art, wie Sie da

sitzen, beunruhigt mich. Aber ich sage Ihnen gleich: Wenn Sie mir etwas Unangenehmes zu sagen haben, dann nach dem Frühstück.«

»In Ordnung, Adele«, nickte Jakob, »im Widerstreit mit seinem Körper verliert man immer.« Er überlegte, verbesserte sich dann: »Meistens jedenfalls. Sich gegen seinen Körper durchzusetzen, ist eine Leistung, auf die man mit Recht stolz sein kann.«

Adele meinte trocken: »Auf diesen Kampf lasse ich mich gar nicht erst ein. Wo bleibt das gekochte Ei?«

Er winkte den Kellner herbei, der auf Adele nur gewartet zu haben schien.

Sie frühstückten ausgiebig, bis sich Adele zurücklehnte, Jakob ansah und sagte: »Nun zu.«

»Liebe Adele«, begann Jakob ein wenig unsicher, »ich wachte heute morgen auf mit einem sehr merkwürdigen Gefühl, das ich kaum beschreiben kann.«

»Aber was zu beschreiben Sie versuchen sollten.«

»Ich dachte: Was ist los mit dir? Ich war auf der Stelle wach, hellwach, so als ob der Körper, dieser erstaunlich alte Körper es gar nicht erwarten könne, sich mit Leben zu füllen.«

Adele sah Jakob aufmerksam, fast ein wenig besorgt an. »Was für eine Formulierung gebrauchen Sie da? Der Körper, der sich mit Leben füllt?«

»Ist Schlaf nicht immer so etwas wie ein kleiner Tod?«

»Aber nein«, widersprach Adele, »Schlaf ist eine Pause im Leben.«

»Liebe Adele, machen Sie kein Gedicht aus einem sehr nüchternen Vorgang. Man steht auf, und gewöhnlich tut man dies sehr widerwillig. Gewöhnlich muß ich morgens meinen Körper überreden, sich zu rühren. Heute war es umgekehrt. Mein Körper machte sich bemerkbar«, er zögerte, suchte nach Worten, »mit einer Art von Unruhe.«

»Unruhe?«

»Oder auch Erwartung.« Jakob überlegte: »Erwartung ist vielleicht besser«, er fügte hinzu: »Mit einer fröhlichen Erwartung, so als würde der Tag etwas Besonderes bringen.«

Fast staunend: »Sie sehen, ich nahm mir nicht einmal Zeit zu frühstücken. Ich wollte nur raus«, er lachte: »Ich sauste hierher und rief Sie an.«

»Aha«, sagte Adele, »diese fröhliche Unruhe haben Sie noch?«

»Ich habe sie nicht nur noch, sondern sie hat sich sogar verstärkt.«

»Haben Sie für diese fröhliche Unruhe eine Erklärung?«

»Ja«, nickte Jakob, »aber es ist eine, die mich sehr verwundert.«
»Nur zu, Jakob.«
Jakob lächelte ein wenig unsicher, hob die Schultern, holte dann Atem: »Adele, ich habe Frühlingsgefühle.«
Adele sah ihn staunend an. »Was haben Sie –?«
»Ich wußte«, murmelte Jakob, »daß dieses Wort Sie erschrecken würde, aber –« er hob wieder die Schulter, »ich habe kein besseres und wiederhole es, mir scheint, ich habe Frühlingsgefühle. Ich habe Sie sehnlichst erwartet, um Ihnen eine Frage zu stellen.«
Er machte eine Pause, sah sie ernsthaft an und fragte, und dies fast feierlich: »Adele, hat man in unserem Alter noch so etwas wie Frühlingsgefühle?«
Adele murmelte: »Sie machen mich ganz unruhig. Frühlingsgefühle? Was für ein Wort ist das?«
»Sie betonen es, als sei es etwas Anrüchiges.«
»Ich überlege nur, Jakob.«
»Überlegen Sie nicht. Antworten Sie ganz spontan.«
Adele wehrte sich.
»Tut mir leid, Jakob. Mein Leben lang habe ich mir vorgenommen: Sage nichts, bevor du nicht überlegt hast, was du sagst.« Sie fügte seufzend

hinzu: »Was schwer genug ist. Aber nun habe ich mich daran gewöhnt zu überlegen.«
»Machen Sie eine Ausnahme.«
»Sie sagten, Sie waren heute morgen auf der Stelle wach. Ihr Körper konnte es gar nicht erwarten, sich mit Leben zu füllen. Das ist doch wunderschön.«
Jakob sah sie aufmerksam an: »Das Wort Frühlingsgefühle gefällt Ihnen nicht.«
Adele war versucht zu lachen, unterdrückte dies aber mit Anstrengung, denn sie wollte Jakob nicht kränken, der sie in der Tat forschend ansah, als hinge von ihrer Antwort sehr viel ab.
»Nun –« begann Adele wieder, »Frühlingsgefühle ist ein Wort –«
Jakob unterbrach sie: »– das nur auf junge Leute zutrifft? Und dies auch nur im Hinblick auf das andere Geschlecht?«
»Nun ja, das ist so die landläufige Meinung.« Sie überlegte und fügte hinzu: »Landläufige Meinungen sind immer so drastisch.«
»Drastisch?«
»Drastisch, Jakob –« sagte Adele mit Festigkeit. »Meine Meinung ist: Der Frühling und so ein Frühling wie der Frühling, den wir gerade haben, hat ein Recht darauf, sich bemerkbar zu machen, mit einem Gefühl, das man durchaus ein besonde-

res nennen kann. Beschreiben Sie das Gefühl genauer.«
»Nun, ein Gefühl, als würde etwas passieren.« Er korrigierte sich: »Nein, als müsse etwas passieren, als käme etwas auf einen zu.« Wieder korrigierte er sich: »Nein, als müsse man dafür sorgen, daß etwas auf einen zukommt.«
»Soso«, sagte Adele, »wie ich Sie kenne, haben Sie auch schon Überlegungen angestellt, was Sie tun müssen, daß etwas auf Sie zukommt.«
Jakob lächelte: »So ist es, Adele.« Halblaut und ohne besondere Betonung fuhr er fort: »Ich möchte mit Ihnen verreisen.«
Adele war nun baß erstaunt: »Verreisen, Jakob?«
»Ja, raus aus Berlin, einfach mal irgendwohin.«
Etwas zögernd sagte Adele: »Nichts dagegen, Jakob. Wir sausen in diesem kleinen Berlin herum, kennen inzwischen alle Kneipen und Cafés, jedenfalls die hübschen, ich verstehe durchaus, daß Sie mal über die Grenze wollen.«
Sie staunte: »Wollen Sie wirklich rüber in den Westen? Und wohin?«
Jakob sah nun befreiter aus, lächelte, hatte lebhafte Bewegungen. »Ich sitze hier seit sieben Uhr morgens und überlege die ganze Zeit. Meine Gedanken schlagen einen weiten Bogen, über Grönland, über Feuerland bis in die Lüneburger Heide.«

Adele sah sich nach dem Kellner um: »Es ist zwar sehr früh am Morgen, Jakob, und ich durchbreche ein selbstgegebenes Gesetz, das ich fast ein eisernes nennen möchte: kein Alkohol am frühen Morgen. Aber – sagten Sie Grönland?«

»Ich sagte Grönland.«

»Ist das nicht zu kalt?«

»Feuerland?«

»Zu weit.«

»Die Lüneburger Heide?«

»Die blüht jetzt nicht.« Adele hatte sich noch nicht erholt von ihrem Erstaunen: »Grönland, Feuerland, Lüneburger Heide? Sie springen ziemlich herum auf unserer Erdkugel.«

Jakob holte Atem. »Das Alter, liebe Adele, schränkt ein, es zieht immer engere Kreise, als gäbe es schließlich nur noch die bekannten vier Wände. Ich wachte auf und schob die Wände beiseite und hatte in der Tat ein Gefühl für alles, Grönland eingeschlossen.« Er lachte, stand plötzlich auf: »Adele, wir mieten uns einen Wagen und fahren einfach los, irgendwohin.«

»Sie sind verrückt, Jakob«, murmelte Adele, »aber auf eine sehr angenehme Weise. Lassen Sie mir ein paar Minuten Zeit, auch ein paar Wände beiseite zu schieben, damit ich einen freien Blick bekomme – auf Grönland, auf Feuerland.«

Sie schüttelte den Kopf.
»Ich sehe, Sie haben da ein ganz besonderes Frühlingsgefühl.«
»Ja«, nickte Jakob, »es sagte mir, daß die Welt schön ist, überall schön ist. Ganz plötzlich sehe ich die Sache so: Die Welt ist ein gedeckter Tisch, von dem man nicht zu früh aufstehen sollte.«
Adele holte tief Luft.
»Sachen sagen Sie heute morgen. Das macht einen ganz schwach.« Sie flüsterte: »Grönland, Feuerland.«
Beide bestellten gegen die Regel, die man eine eiserne nennen konnte, zwei Schnäpse, tranken sie aus, und so, angenehm durchwärmt, verließen sie das Lokal, wanderten am See entlang, unbelästigt von Wanderern, und ließen ein paar Träume steigen wie Papierdrachen.
»Eine wunderschöne Idee«, sagte Adele, »wir fahren also irgendwohin und dies nur aus einem einzigen Grunde: Wir wollen nicht zu früh aufstehen von einem Tisch, der so unglaublich gedeckt ist. Wir sind noch nicht satt geworden. Kann man es so nennen?«
»Satt werden wir nie, Adele. Ich sah heute morgen plötzlich ein Bild vor mir, ein Bild, das es gibt, ein Foto: die Erde, aufgenommen vom Mond aus, diese unglaubliche blaue Erdkugel,

reingehängt in Weltraumschwärze, leuchtend, wie ein Juwel, ein blinkender Edelstein, diese schöne, zerbrechliche Erde, und ich spürte plötzlich ein Gefühl von –« Er brach ab.

»Wovon, Jakob?«

»Von Liebe, von herzausfüllender Liebe.« Er lachte: »Sie sehen, das Wort Frühlingsgefühl hat durchaus seine Bedeutung, wenn damit ein erhöhter Andrang von Liebesgefühlen gemeint ist.«

»Ich verstehe Sie, Jakob.« Sie lachte ihn an: »Wissen Sie, was das Schöne ist? Wir brauchen keine Angst voreinander zu haben, Formulierungen zu gebrauchen, die mißverstanden werden können. Wir richten unser Gefühl nun immer mehr auf das Ganze.« Sie brach ab und staunte. »Sage ich da nicht etwas Richtiges?«

»Sie sagen etwas Richtiges, Adele. Im Alter richtet man sein Gefühl, das beste aller Gefühle, immer mehr auf das Ganze.«

»Das Ganze«, wiederholte Adele, »ein unausschöpfbarer Begriff, nicht wahr, das Ganze. Das alles Umfassende. Lösen wir uns vom Detail, Jakob?«

»Wir lösen uns vom Detail, Adele.«

»Nun –« sie hob die Stimme, »ich möchte dann doch noch auf ein Detail kommen: Wir wollen mit einem Wagen fahren? Mit welchem Wagen?«

»Wir werden einen mieten.«

»Und wer von uns fährt?«

»Ja, wie –« sagte Jakob, »haben Sie keinen Führerschein?«

Adele stutzte. »Ob ich einen Führerschein habe? Natürlich habe ich einen Führerschein. Jeder Mensch, Jakob, hat einen Führerschein. Von Kleinkindern mal abgesehen. Aber mein Führerschein ist uralt. Ich weiß gar nicht, wo ich den habe, weil –« sie hob die Schultern, »wir fahren ja immer Taxi. Aber Sie haben doch einen Führerschein.«

»Adele –« sagte Jakob trocken, »auch ich fahre Taxi.«

»Wollen Sie sagen, Sie haben keinen Führerschein?«

»Doch«, murmelte Jakob, »habe aber davon seit Jahren keinen Gebrauch gemacht.«

»Warum eigentlich nicht, Jakob?«

»Ich bekam plötzlich eine andere Einstellung zu zwei Dingen. Zur Zeit. Und zur Geschwindigkeit.«

»Hm«, meinte Adele, »dann wird es wohl nichts aus unserer Fahrt irgendwohin, nach Grönland, Feuerland.«

Sie fuhren zurück in die Stadt, bummelten ein wenig über den Kurfürstendamm, nahmen in der üblichen Weise teil am Leben, sie musterten Leute, wurden selbst gemustert, alles mit halbem Interesse, mit jener Gleichgültigkeit, die üblich ist und mit der Menschen sich zu schützen pflegen.

»Wo seid ihr gewesen?« fragte Adeles Tochter ihre Mutter, als Adele gegen Abend nach Hause kam.

»Du weißt«, antwortete Adele, »daß wir durch Berlin wandern, wir sehen uns alles an, überlegen, wer wir sind, wo wir leben und was für Zeitläufte wir haben.«

»Irgendwas muß doch losgewesen sein«, sagte die Tochter, »du bist aus dem Haus gegangen, ohne zu frühstücken.«

»Ich habe in Schlachtensee gefrühstückt.«

»In Schlachtensee? So früh am Morgen? Was habt ihr da gemacht?«

»Wir haben überlegt, wie wir nach Feuerland kommen.«

Marianne sah ihre Mutter fast erschrocken an.

»Nach Feuerland?«

»Nach Feuerland«, wiederholte Adele trocken, »Jakob wachte heute morgen auf und stellte sich die Erdkugel vor, so wie sie im Weltenraum hängt, ein bißchen blau, ein bißchen silbern und

ungeheuer zerbrechlich. Und Feuerland ist ein Punkt auf dieser Kugel.«
Marianne zog scharf die Luft ein.
»Aha«, sagte sie, »Jakob stellte sich die Erdkugel vor – die wo hängt?«
»Im Weltenraum, liebes Kind.«
»Er stellte sie sich vor?«
»Ja«, nickte Adele ungeduldig, »es ergab sich innerhalb einer Vorstellung, die sich auf das Ganze gerichtet hatte.« Adele lachte, als sie ihre Tochter so konsterniert sah. »Entschuldige«, sagte sie heiter, »ich sehe, ich übernehme schon Jakobs Art zu reden, die sicher nicht für jeden verständlich ist.«
Marianne berichtete später ihrem Mann von dem Gespräch.
Auch Walter war ganz konsterniert.
»Ich wiederhole«, sagte er, »der Mann ist kein Umgang für Mutter.« Er staunte: »Verlieren alte Menschen tatsächlich so ganz den Boden unter den Füßen?«
»Das habe ich sie auch gefragt. Ich habe ihr gesagt: Das alles ist doch nicht realistisch?«
»Was hat sie geantwortet?«
»Sie sagte, es gäbe keinen Realismus. Alles sei Ansichtssache. Wer weit sehen wolle, müsse sich weit zurücklehnen, so weit, daß er die Erdkugel in den Blick bekomme.«

Walter war ein rechtschaffener Mann, der sich hervorragend im Rechnungswesen seiner Firma zurechtfand und als solcher hohes Ansehen genoß.
Er schüttelte den Kopf: »Das ist natürlich Jakob, der aus ihr spricht. Was für Gedanken bewegt dieser Mensch nur in seinem Kopf?«
Beim Abendessen sah der Schwiegersohn Adele besorgt an, als frage er sich, ob es sich lohne, sie anzusprechen.
Adele lächelte: »Du willst etwas sagen, lieber Walter.«
»Nun ja«, murmelte Walter, der Rechtschaffene, »Marianne hat mir erzählt, daß dem guten Jakob heute morgen die Erdkugel erschienen ist.« Etwas ironisch fragte er: »Wie erschienen ist? Im Traum?«
»Nein«, sagte Adele, »er wurde wach und sah sie vor sich.«
»Ich möchte dich nicht kränken«, sagte Walter, »aber was bedeutet das?« Er fügte hinzu: »Du mußt darauf nicht antworten, wenn du nicht willst.«
Adele überlegte eine Weile. Sie sagte dann: »Ich will dir sagen, was Jakob sagte. Er sagte: Stell dir die Erdkugel vor, so wie sie im Weltenraum hängt, es ist der halbe Weg zu Gott.«

Walter saß sekundenlang ganz stumm, dann lachte er ein wenig unsicher, sah seine Frau an, hob die Schultern: »Dagegen kann man natürlich nichts sagen.«

Er verhielt noch ein paar Sekunden, ehe er hinzufügte, befreiter, wie es schien: »Sich mit Tod und Gott zu beschäftigen, ist das Vorrecht des Alters.«

»Von Tod war nicht die Rede«, widersprach Adele.

Sie ging früh schlafen, lag ruhig im Bett und stellte sich den Planeten vor, sie nahm das Bild des blau-weißen Erddiamanten mit in den Traum und dachte: Der halbe Weg? Ist fast schon ein ganzer.

Am nächsten Morgen rief Jakob an.

»Adele«, rief Jakob, »ich hole Sie ab. Wir gehen in die Schule, in die Fahrschule.«

»Ist Ihnen das heute morgen im Traum erschienen?«

»Ja, als die Lösung unseres Problems. Wir werden unsere Kenntnisse als Autofahrer überprüfen lassen. Suchen Sie Ihren Führerschein.«

»In Ordnung, Jakob«, sagte Adele und enthielt sich jeder Meinung, obwohl sie das Gefühl hatte, daß eben darauf Jakob gewartet hatte.

Adele suchte in ihren Schubladen nach den Fahrpapieren, fand sie nicht, dafür aber alte Briefe, die,

die sie bekommen, und auch die, die sie geschrieben und nicht abgeschickt hatte, was natürlich die interessanteren waren. Schließlich fand sie das gesuchte Papier, grau, zerknittert, mit einer rostigen Klammer versehen und mit einem Foto, das sie fast erschrocken anstarrte.

Jakob ließ den Taxifahrer vor dem Hause hupen. Adele ging hinunter, stieg in den Wagen.

»Was halten Sie von meinem Einfall?« wollte Jakob wissen.

»Ich bin mir nicht ganz klar«, sagte Adele, »aber eines kann wohl ohne Zweifel gesagt werden: Das Abenteuer hat schon begonnen.« Dann fügte sie hinzu: »Darf ich Ihren Führerschein mal sehen?«

Wortlos zog Jakob ihn hervor, sagte: »Sie haben wohl auch schon Ihren Schrecken gehabt?«

»Das Foto«, seufzte Adele, »kaum daß ich mich wiedererkannt habe. Wie ist Ihres?«

»Ich sehe entsetzlich jünglingshaft aus«, murmelte Jakob, »jünglingshaft und unwissend.«

Er reichte Adele den Schein. Sie besah den jünglingshaften und unwissenden Jakob, meinte: »Ein gestandener Mann sieht mich an –«

»Aber –?« wollte Jakob wissen.

»Nun«, meinte Adele, »der hier abgebildet ist, hat sich noch nicht weit zurückgelehnt, um einen umfassenden Blick auf das Ganze zu tun.«

Sie hielten vor einer Fahrschule.
Der Taxifahrer bekam sein Geld, sah beide neugierig an, schwieg aber dann lieber.
»Kommen Sie, Adele«, sagte Jakob, schritt ohne Zögern auf die Tür zu.
Sie betraten den Schulraum, in dem sich eine Menge sehr junger Schüler versammelt hatte.
Adele flüsterte: »Wir sind unter Kindern, Jakob.«
»Was ich sehe, meine Liebe. Die Gesundheit feiert ein Fest.«
Sie standen ein wenig abseits, hielten sich eher dicht beieinander, während die jungen Leute den ganzen Raum besetzt hielten, ihn lebhaft durcheilten, sich da und dort trafen, Gelächter und Worte flogen hin und her.
Eine Reihe abgenutzter gelber Schulbänke war zu sehen. Einige der Schüler hockten schon in den Bänken, studierten ihre Bücher, während andere sich den Schulmöbeln gegenüber eher respektlos verhielten.
»Wie fühlen Sie sich, Adele?« fragte Jakob.
»Nun –« meinte Adele, »es ist der Ort, den wir aufsuchen wollten.«
»So ist es, Adele.«
Einige der sehr jungen Leute waren aufmerksam geworden. Die Worte verstummten, sie sahen Ja-

kob und Adele an, und die Frage war unverhüllt ablesbar: Was wollen die denn hier? Adele sagte beklommen: »Was machen wir, Jakob?«
»Nun –«, meinte er, »was macht man in einer Schulklasse? Zunächst nimmt man einmal Platz und harrt der Dinge, die da kommen.«
Jakob wandte sich an einen jungen Jeansträger: »Verzeihen Sie, gibt es hier feste Plätze?«
Der junge Mann, den auch ein Schnauzbart nicht wesentlich älter machte, schien etwas begriffsstutzig zu sein und fragte zurück: »Feste Plätze?«
»Ich meine, kann man sich hier hinsetzen, wohin man will?«
»Ja, ja«, sagte der junge Mann irritiert, fügte dann hinzu: »Das hier ist eine Fahrschule.«
»Ich weiß es«, sagte Jakob freundlich, »es steht draußen dran. Ich habe mich außerdem erkundigt, es soll sogar eine sehr gute Fahrschule sein.«
»Ja, ja«, murmelte der junge Bartträger wieder.
»Kommen Sie, Adele«, nahm Jakob Adele an der Hand, »setzen wir uns.«
»Nicht in die erste Reihe«, bat Adele leise.
»Warum nicht in die erste Reihe?«
»Ich hab' nie in der ersten Reihe gesessen, Jakob. Für die erste Reihe muß man geboren sein.«
»Wie hätten Sie es denn gerne, Adele. Letzte Reihe?«

»Nein, ich war immer für die Mitte. Nicht zu weit hinten, nicht zu weit vorn.«
Jakob murmelte: »Bei mir, Adele, sitzen Sie in der ersten Reihe, aber – wie Sie wollen.«
Er steuerte zwei freie Bänke an, zwängte sich hinein. Adele setzte sich neben ihn.
Ganz plötzlich lachte sie: »Es gefällt mir, Jakob.«
»Was gefällt Ihnen?«
»Daß Sie neben mir sitzen. In meiner Klasse früher gab es einen Schüler, den ich sehr verehrte. Die Tragik war: Er saß hinter mir.«
Sie lächelte, sah Jakob mit einem fast verwegenen Lächeln an, sagte: »Jetzt sitzt er neben mir.«
»Adele«, murmelte Jakob. »Wie sehen Sie mich jetzt an?«
»Wie sehe ich Sie an?«
»Sie sehen mich an mit einem Blick, der in die erste Reihe gehört.«
»Ich habe das Gefühl, Jakob, daß mir nun nichts mehr passieren kann, weil Sie neben mir sitzen.«
»Das wird sich noch herausstellen. Hatten Sie Angst in der Schule?«
»Immer.«
»Jetzt haben Sie keine Angst?«
»Nicht sehr viel, aber ein bißchen schon.«
»Hm«, meinte Jakob, »soll ich Ihnen etwas sagen, Adele, das bißchen Angst steht Ihnen.«

»Können Sie es etwas genauer sagen, Jakob?«
»Warum wollen Sie es genauer wissen?«
»Eine Frau, Jakob – so alt sie auch sein mag, steinalt von mir aus – wird es immer genau wissen wollen, wenn jemand etwas Nettes über sie sagt. Also sagen Sie es?«
»Sie sind eitel?«
»Bis zum letzten Atemzug, Jakob.«
»Gut«, sagte Jakob, »Adele, Sie sehen hinreißend aus, wahrscheinlich so hinreißend wie vor sechzig Jahren, als Sie in so einer Bank saßen.«
Adele wollte etwas sagen, aber Jakob bedeutete ihr mit einer Handbewegung, zu schweigen, denn der Fahrlehrer trat ein. Allgemeine Ruhe kehrte ein. Die jungen Leute setzten sich, sahen ebenso gehorsam wie erwartungsvoll nach vorn.
Der Fahrlehrer war selbst ein junger Mann. Er war mit sportlichem Schwung hereingekommen, stand nun vor der Wand, die bedeckt war mit Verkehrszeichen und technischen Darstellungen, und ließ seine Blicke über die Klasse wandern.
Bis eben dieser Blick verhielt, eher erstaunt verhielt.
»Er sieht uns an –«, flüsterte Jakob, »mit einem Blick, den ich erwartet habe.«
»Was haben Sie erwartet?« flüsterte Adele zurück.

»Daß er uns ansieht, als entdecke er Elefanten im Zimmer.«
»Wie kommen Sie auf Elefanten?« wunderte sich Adele.
Der Fahrlehrer kam die paar Schritte herüber, stand vor den beiden alten Leuten und sah sie an: »Was machen Sie denn hier?«
»Nun –« murmelte Jakob, »was macht man in einer Fahrschule?«
»Wie –« wunderte sich der junge Mann, »kein Irrtum, Sie wollen in eine Fahrschule?«
Adele flüsterte: »Sie müssen aufstehen, Jakob?«
»Wieso aufstehen?« fragte Jakob irritiert zurück.
»Wir sind in der Schule immer aufgestanden, wenn wir etwas gefragt wurden.«
»Hm –« meinte Jakob, stand aber auf, gemächlich auf, wie halt ein Herr aufsteht, der damit seinen Respekt beweist, ohne den, den er sich selber schuldig ist, aufzugeben. »Wir wollen das, was alle hier wollen. Fahren lernen.«
Der Fahrlehrer wurde immer erstaunter. »Sie wollen den Führerschein machen?«
»Nein, den haben wir ja. Wir wollen uns wieder mal ans Steuer setzen, nachdem wir es lange Zeit nicht getan haben, und kommen aus diesem Grunde hierher. Um unsere praktischen und theoretischen Kenntnisse überprüfen zu lassen.«

»Aha, aha«, sagte der Fahrlehrer. Er wiederholte die Ahas ein paarmal, zweifellos, um Zeit zu gewinnen.
Etwas sinnlos setzte er hinzu: »Sie haben also einen Führerschein.«
Er musterte Jakob eindringlich. Später sagte Jakob: »Er sah mich an, als wolle er eine Röntgenaufnahme von mir machen. Ich spürte seinen Blick bis in die letzte Rippe.«
Dann wandte sich der Fahrlehrer Adele zu: »Sie haben ihn auch? Den Führerschein?«
»Ja, ich habe ihn auch.« Sie öffnete schon ihre Handtasche, um ihn herauszuholen. »Ich habe ihn lange gesucht, bis ich ihn gefunden habe.«
»Darf man mal sehen?« bat der Fahrlehrer eher mechanisch.
»Bitte«, sagte Jakob, holte auch seinen Führerschein heraus und übergab ihn dem Fahrlehrer.
Jakob entschuldigte sich: »Er ist etwas abgegriffen, fast kaum leserlich.«
Aber der Fahrlehrer schien ihn nicht zu hören, er starrte den Führerschein an, hob dann den Kopf, völlig perplex: »Der ist ja aus dem Jahre neunzehnhundertneunundzwanzig.«
Jakob verwies ihn milde: »Sie sagen dies so, als sei gegen das Jahr neunzehnhundertneunundzwanzig etwas einzuwenden. Es war ein ganz normales

Jahr. Wirtschaftlich war es nicht besonders. Der Winter war leider eiskalt, was die Kohlenpreise nach oben trieb.«

»Aha, aha«, sagte der Fahrlehrer wieder mehrmals und aus dem gleichen Grunde wie vorher. Er hob den Kopf, sagte staunend: »Ich habe noch nie einen Führerschein aus dem Jahre neunzehnhundertneunundzwanzig gesehen.«

Trocken sagte Jakob: »Das ist einer.«

»Ausgestellt von wem?« Der Fahrlehrer hob den Schein direkt vor seine Augen.

»Vom Polizeipräsidenten in Berlin.«

»Na, großartig«, murmelte der Fahrlehrer, setzte zögernd hinzu: »Ihr Geburtsdatum stimmt?«

»Es stimmt«, sagte Jakob ruhig.

»Demnach sind Sie –« der Fahrlehrer rechnete halblaut, »zweiundachtzig Jahre alt.«

»So ist es.«

Adele sagte später: »Jakob, Sie standen da, und ich bewunderte zwei Dinge an Ihnen. Ihre Geduld und Ihre Nachsicht.«

»Zweiundachtzig«, wiederholte der Fahrlehrer.

»Ist an der Zahl etwas nicht in Ordnung?« erkundigte sich Jakob.

»Nun –« meinte der Fahrlehrer, »ich habe noch nie einen so alten Schüler gehabt. Falls Sie einer sind, denn –« er holte erleichtert Atem, »denn den

Führerschein haben Sie ja schon, einen Führerschein, der zweifellos gültig ist. Also was wollen Sie nun hier?«

»Um es kurz zu erklären. Wir haben zwar unsere Führerscheine –« er fügte ein: »Ehrwürdige Exemplare offenbar, so wie wir vielleicht selber –« den kleinen Scherz erlaubte er sich in aller Bescheidenheit, »aber wir sind jahrelang nicht gefahren und beabsichtigen jetzt, eine größere Reise zu unternehmen –«

»Eine größere Reise?« echote der Fahrlehrer.

Adele warf ein: »Nach Feuerland.«

»Wie bitte?« fragte der junge Mann perplex.

»Mehr die Richtung«, korrigierte Jakob, »eine Richtung muß man ja haben. Unsere wäre –« er räusperte sich, »Feuerland.«

»Das liegt doch in Südamerika«, murmelte der Fahrlehrer.

Jakob lächelte knapp: »Ich sagte ja. Es ist mehr die Richtung. Die Frage ist, wie weit wir kommen.«

Der Fahrlehrer machte eine fast abrupte Bewegung mit dem Kopf, mit der er offenbar die Normalität zurückholen wollte, aus der er ganz herausgeraten zu sein schien.

»Nun mal ganz sachlich, wie kann ich Ihnen helfen?«

Adele nahm das Wort: »Wir dachten, wir nehmen

am Unterricht teil, hören uns alles an. Möglicherweise haben sich viele Dinge geändert, die Zeit ist ja vorangeschritten.«
»Vorangeschritten, Adele?« fragte Jakob, hatte die Augenbrauen hochgezogen.
»Vorangeschritten wäre falsch?« fragte Adele zurück.
»Das wäre, ehrlicherweise, in Zweifel zu ziehen.«
»Gut«, fuhr Adele fort, »bleiben wir also dabei: Die Zeit hat sich verändert.«
Sie lachte: »Wir hielten damals noch die Hand aus dem Fenster, wenn wir abbiegen wollten. Wenigstens, wenn man nach links wollte.«
»Wenn man nach links wollte?« fragte der Fahrlehrer.
»Nach rechts war es schwieriger. Wer hat schon einen so langen Arm?«
»Ah so, natürlich«, nickte der Fahrlehrer, gewann in der allgemeinen Heiterkeit seine innere Ruhe zurück, richtete sich mit Schwung auf, schien zu überlegen und sagte dann: »Nun ja, wollen wir mal sehen, was Sie noch können, am Gerät können.«
Zunächst einmal nahmen Jakob und Adele am Unterricht teil, folgten dem Zeigestock des Lehrers ebenso wie seinen Ratschlägen und Belehrungen.

Dann, als die jungen Schüler sich verliefen, wandte sich der junge Fahrlehrer seinen beiden alten Schülern zu.
»Also dann, kommen Sie.«
Er brachte beide auf den Hof, ging mit ihnen auf einen Wagen zu, murmelte: »Dann wollen wir es mal versuchen.«
Jakob musterte den Wagen: »Das ist es also, das Gerät.«
»Ja, das wir nun ausprobieren wollen.« Er korrigierte sich lächelnd: »Das heißt: Ausprobieren wollen wir ja Sie. Fangen wir mit Ihnen an?«
»Ich bin soweit«, sagte Jakob.
Der Fahrlehrer sah etwas skeptisch zu, wie sich Jakob auf den Fahrersitz zwängte.
»Gnädige Frau«, wandte er sich an Adele, »Sie nehmen vielleicht hinten Platz.«
Adele begab sich auf den Rücksitz, fühlte förmlich die Blicke des jungen Mannes, der den Schwung zu beurteilen schien, mit dem sie sich hineinsetzte.
Dann setzte sich der junge Mann neben Jakob. Besorgt sah er Jakob an: »Sie sind okay?«
»Ich bin okay«, gab Jakob zurück.
Der Fahrlehrer zögerte. »Wenn Sie lange nicht gefahren sind – Ihre Reflexe sind noch in Ordnung?«

»Adele«, wandte sich Jakob zurück, »sind meine Reflexe in Ordnung?«
Fast etwas feierlich erwiderte Adele: »Ich kann Ihnen versichern, seine Reflexe sind in Ordnung.«
»Die Augen?« examinierte der Fahrlehrer weiter.
Adele: »Grau-blau. Bei Sonnenlicht mehr blau als grau. Abends ist es umgekehrt.«
Ärgerlich erwiderte der Fahrlehrer: »So meine ich es nicht. Ich meine: Wieviel sieht er? Hat er ein eingeengtes Gesichtsfeld?«
»Nein«, sagte Adele verhalten, »sein Gesichtsfeld ist größer als ein normales.«
»Größer?« wunderte sich der junge Mann.
»Ja«, sagte Adele fest.
»Danke, Adele.«
»Wieso hat er ein größeres Gesichtsfeld?« beharrte der Fahrlehrer.
»Nun –« suchte Adele nach Worten, »weil er sich innerlich zurückgelehnt hat und infolgedessen weiter sieht.«
»Adele«, sagte Jakob sanft, »verwirren Sie den jungen Mann nicht.« Zum Fahrlehrer gewandt, fuhr er fort: »Sie meint es philosophisch. Philosophie gegenüber einem Auto ist ja völlig unangebracht.« Er schränkte ein: »Wenigstens ist dies die landläufige Meinung. Und landläufige Meinun-

gen bewegen sich im Gegensatz zu einem Auto nicht von der Stelle. Oder nur sehr, sehr langsam.«

»Aha, aha«, sagte der Fahrlehrer wieder etwas ratlos, holte Atem, sah Jakob fest an: »Mit welcher Voraussetzung begeben Sie sich ans Steuer?«

»Weniger mit einer Voraussetzung –« sagte Jakob, »als mit einer Absicht.«

»Mit welcher Absicht?«

»Mit der Absicht, von A nach B zu kommen, möglicherweise von B nach C und so das ganze Alphabet hindurch.«

»Ihr Gemütszustand in diesem Augenblick?«

»Normal.«

»Sie sind nicht aufgeregt?«

»Kein bißchen.«

»Ihr Puls?«

»Auch der ist ganz normal.« Er sah nun seinerseits den Fahrlehrer aufmerksam an: »Lassen Sie mich nun mal etwas fragen: Bin ich hier beim Arzt?«

»Nein, nein –« beeilte sich der junge Mann zu sagen, lächelte ein wenig unsicher: »Verzeihen Sie, es ist nur – das hohe Alter. Ich habe keine Erfahrung damit!«

»Dann gebe ich Ihnen einen Rat: Warten Sie es ab. Das Alter ist ein großes Erlebnis. Infolge des stark vergrößerten Gesichtsfeldes.«

»Gut dann –« murmelte der Fahrlehrer, »dann lassen Sie in Gottes Namen den Motor an.«
Jakob ließ den Motor an.
»Das war ja schon sehr schön«, lobte der Fahrlehrer. »Haben Sie die Kupplung getreten?«
»Ich habe die Kupplung getreten.«
»Dann legen Sie jetzt den ersten Gang ein. Sie wissen, wo der erste Gang ist?«
»Links oben.«
»Gut dann und jetzt vorsichtig anfahren.«
Jakob fuhr langsam los.
»Sehr schön, sehr sanft«, lobte der Fahrlehrer erneut, »bleiben Sie im ersten Gang, bis Sie sich an die Geschwindigkeit gewöhnt haben und an die Steuerausschläge.«
Sie fuhren eine Weile, krochen dahin.
»Sollte ich jetzt nicht langsam den zweiten Gang einlegen?«
»Versuchen Sie es mal.«
Jakob ging in den zweiten Gang, beschleunigte die Geschwindigkeit.
»Nicht zu schnell«, riet der Fahrlehrer, denn Jakob war in den dritten Gang gegangen, »jeder Mensch hat seine Grenzgeschwindigkeit, die bei älteren Menschen stark herabgesetzt ist.«
Dennoch konnte er nicht umhin, weiterhin Jakob zu loben:

»Sehr schön, sehr gut, erstaunlich gut.«
»Wie wär's jetzt mit dem vierten Gang?« Jakob wandte sich halb um. »Oder habe ich Ihre Grenzgeschwindigkeit erreicht, Adele?«
Adele sagte fest: »Legen Sie den vierten Gang ein, Jakob. Wir haben unsere Grenzgeschwindigkeit noch lange nicht erreicht.«
»Werden Sie nicht leichtsinnig«, sagte der Fahrlehrer besorgt, hielt die Blicke fest auf den Verkehr gerichtet, war immer bereit einzugreifen, aber gegen die Fahrweise von Jakob war nichts zu sagen, er fuhr immer flüssiger, gewandter, er erlaubte sich Überholmanöver.
Der Fahrlehrer wurde etwas kurzatmig.
»Verfallen Sie in keinen Geschwindigkeitsrausch.«
»Ich bin schon drin«, lächelte Jakob, schüttelte den Kopf. »Erstaunlich, erstaunlich«, sagte er.
»Was ist erstaunlich?« wollte der Fahrlehrer wissen.
»Nun –« sagte Jakob, »ich dachte, ich hätte überwunden, was das schlimmste menschliche Erbteil ist. Aber auch ich bin es nicht losgeworden. Jedenfalls nicht ganz.«
»Von was für einem menschlichen Erbteil sprechen Sie?«
»Von der Aggression. Man fährt und will schnel-

ler sein als der andere, und wenn es einem gelingt, schneller zu sein als der andere, genießt man etwas, eine Art tiefer Befriedigung.«
Jakob wandte sich um.
»Adele, Sie wissen, wovon ich spreche?«
»Ja, ich weiß es.«
»Wird man die Aggression nie loswerden?«
»Hören Sie –« sagte der Fahrlehrer besorgt, »ich gebe zu, Sie fahren ausgezeichnet, aber was Sie da sagen von Schnellersein als ein anderer, das – das gefällt mir nicht. Sie haben eine ausgezeichnete Bemerkung gemacht, als ich Sie fragte, mit welcher Voraussetzung Sie sich ans Steuer setzen. Sie sagten, um von A nach B zu kommen. Dabei sollten Sie bleiben.«
»Sie haben recht«, murmelte Jakob, »wenn wir die Aggression nicht loswerden, wird die Menschheit von Punkt A nicht herunterkommen und B ganz sicher nicht erreichen.«
Er ließ den Wagen sanft ausrollen, hielt schließlich am Straßenrand, senkte den Kopf, saß eine ganze Weile ganz ruhig.
Bis sich der Fahrlehrer rührte. »Guter Mann«, sagte er, »ich möchte, mancher meiner jungen Schüler könnte so fahren, wie Sie es mir demonstriert haben. Ich kann Ihnen nichts beibringen. Wo haben Sie so fahren gelernt?«

Jakob brauchte eine Weile für die Antwort. »Im Kriege. Bei einer Vorausabteilung. Dort habe ich fahren gelernt –« langsam setzte er hinzu: »Und noch etwas: meine Aggressionen zu entwikkeln.«
Er wandte sich nach hinten: »Steigen wir aus, Adele?«
»Wir steigen aus, Jakob.«
Beide stiegen aus.
Der Fahrlehrer holte Atem. »Ich bescheinige Ihnen, Sie haben nichts verlernt.«
»Sagen Sie mir nicht so was«, murmelte Jakob, »ich hoffe, daß ich die Aggressionen, wenn auch nicht völlig verloren, so doch unter Kontrolle habe. Schlimm, wenn ich daran zweifeln müßte.« Er lächelte: »Mein Gesichtsfeld, mühsam geweitet, würde sofort wieder enger werden. Bekommen Sie etwas für Ihre Bemühungen?«
»Nein«, sagte der junge Mann knapp, »darf ich Sie hier stehen lassen?«
»Lassen Sie uns hier stehen«, sagte Jakob knapp.
Der junge Mann warf beiden noch einmal einen Blick zu, der schlecht zu enträtseln war, dann fuhr er davon.
»Sie machen mich etwas besorgt, Jakob.«
»Womit habe ich Sie besorgt gemacht?«
»Mit Ihrer Bemerkung, daß die Menschheit mög-

licherweise nicht von A nach B kommt, ganz zu schweigen von den übrigen Buchstaben des Alphabets.«

»Ich habe einen gewissen Zweifel ausgedrückt.«

Adele schwieg eine Weile, bis sie fragte: »Jakob, wo liegt Feuerland?«

Jetzt lächelte Jakob: »Weit hinten im Alphabet.«

»Na«, atmete Adele tief auf, »dann haben wir uns ja was vorgenommen.«

Sie wurde plötzlich ganz vergnügt, nahm den Arm von Jakob: »Haben Sie gesehen, wie er uns ansah. Mir kam der junge Mann vor wie jemand, der ganz aus Versehen in einem Museum gelandet ist. Da waren wir wie ausgestellte Stücke, die sich zu seiner Überraschung plötzlich bewegten.«

Nun lachte auch Jakob, sie besprachen das Abenteuer und gerieten immer mehr in eine fröhliche Stimmung.

»Jakob«, sagte Adele, »das Jahr neunzehnhundertneunundzwanzig hat ihn wirklich umgehauen. Was war mit dem Jahr?«

»Es war ein schlimmes Jahr. Es war wie ein Graben, in den wir alle hineingefallen waren, ein ganzes Volk lag im tiefen Graben, bis zum Hals bedeckt von Hoffnungslosigkeit und Elend. Das Jahr war wie eine Grube, in der die Schlangen anfingen, sich zu bewegen.«

»Schlangen, Jakob?«

»Man kann es auch so sagen: Gefühle setzten sich frei, auch die radikalen, das Unausgesprochene formulierte sich ebenso wie das Unaussprechliche, wie das bis dahin Nie-Gedachte. Unsere deutsche Geschichte bereitete sich auf eine Wende vor.«

»Und von der damaligen Zeit haben die jungen Leute heute keine Ahnung.«

»Wohl ihnen«, murmelte Jakob, »schade ist nur, daß sie vielleicht nicht lernen, wann Schlangen anfangen, sich zu bewegen.«

Sie nahmen ihren gewöhnlichen Rundgang auf, spazierten durch die Stadt und fühlten sich wohl im Beieinandersein.

Am nächsten Tage kam Jakob wie gewöhnlich, um Adele abzuholen.

Adeles Schwiegersohn öffnete die Tür.

»Guten Tag, Herr Biedermann«, begrüßte er Jakob, »kommen Sie doch herein.«

»Ist Adele nicht da?« fragte Jakob.

»Nein –« murmelte der Schwiegersohn ein wenig unsicher, »sie wird gleich kommen, aber ich benutze die Gelegenheit gern, um mal mit Ihnen zu sprechen. Darf ich Ihnen etwas zu trinken anbieten? Ein Schnäpschen vielleicht?«

»Nichts gegen ein Schnäpschen«, sagte Jakob.

Der Schwiegersohn nickte besorgt. »Ich weiß,

daß Sie, Sie beide, gern trinken, was uns, meine Frau und mich, ein wenig besorgt macht.«

»Besorgt?«

»Nun ja«, meinte der Schwiegersohn, »und da habe ich in diesem Zusammenhang gleich eine Frage: Sie sind doch nicht abhängig?«

»Abhängig?« wunderte sich Jakob. »Nun, in gewisser Weise sind wir alle abhängig, jeder von jedem beispielsweise und auch vom Wetter oder davon, wie gut man geschlafen hat.«

»Das meine ich nicht«, sagte der Schwiegersohn ärgerlich.

»Ich frage gezielt: Sind Sie abhängig vom Trinken?«

»Hm«, meinte Jakob, »das hohe Alter hat einen Vorteil.«

»Welchen?«

»Man kann nicht mehr jung sterben.«

Nun lächelte auch der Schwiegersohn, wenn auch etwas gequält.

»Aber wenn Sie besorgt sind –« fuhr Jakob fort, »warum bekomme ich jetzt einen Schnaps?«

»Ah so, ja, ja –« stutzte der Schwiegersohn, lächelte unsicher: »Allerdings.«

Er hatte den Schnaps schon eingegossen, fragte: »Wollen Sie ihn nicht trinken?«

»Geben Sie ihn nur her«, erwiderte Jakob, nahm

das Glas, das Adeles Schwiegersohn ihm reichte, schnupperte zunächst, dann kippte er den Schnaps, trank das Glas mit einer einzigen Bewegung leer, öffnete dann den Mund, um tief auszuatmen.

»Nicht schlecht«, sagte er.

Der Mann sah ihn besorgt an. »Gekonnt, wie Sie das machen. Die Art, die Sie haben –«

Er demonstrierte die Bewegung mit der Hand, das Hochheben des Glases, lächelte dann: »Alle Achtung«, schränkte dann ein, »soweit diese Art zu trinken Achtung verdient, worüber man ja geteilter Meinung sein kann.«

Er holte Atem, setzte zu sprechen an.

»Jetzt kommt's wohl«, murmelte Jakob.

»Ja, Herr Biedermann, ich wollte mit Ihnen sprechen, sozusagen unter uns –«

»Ohne Adele.«

»Ohne Adele, gleichsam von Mann zu Mann.« Er sammelte sich erneut: »Sie wollen mit Adele verreisen?«

»Ja.«

»Adele sagt – nach Feuerland?«

»Hat sie gesagt: nach Feuerland?«

Der Schwiegersohn sagte mit verhaltenem Ernst: »Ja, sie sagte: nach Feuerland. Ich habe sie gefragt: Weißt du, wo das liegt, Mama? Sie sagte, sie wüß-

te es. Und sie wußte, daß Feuerland in Südamerika liegt. Und im übrigen eine unwirtliche Gegend ist.«
»Unwirtlich?« fragte Jakob, »auch sogenannte zivilisierte Gegenden sind unwirtlich oder beginnen, es zu werden.«
»Wollen wir bitte nicht philosophieren, wozu Sie neigen, ich weiß das. Ich frage Sie: Wollen Sie nach Feuerland?«
»Nun –« meinte Jakob, »wir werden nicht hinkommen, keine Sorge also.«
Der Schwiegersohn beharrte: »Aber es war in der Tat Ihre Absicht, Feuerland zu besuchen.«
»Wenn ich es erklären darf –« begann Jakob, »jeder Mensch ist auf einer Art Reise und hat gewisse Vorstellungen von seinem Ziel, von einem Ziel, das in irgendeiner Ferne liegt und ein bißchen märchenhaft ist. Man kann es nennen, wie man will.« Freundlich schloß er: »Wir haben es Feuerland genannt.«
»Aha, aha«, sagte der Schwiegersohn und versuchte, das Gehörte einzuordnen, zu beurteilen, was ihm Schwierigkeiten machte. Er setzte mehrfach an, um dann schließlich zu sagen: »Hören Sie mal, andere Leute, normale Leute fahren –« er unterbrach sich, »ja, wohin? An die Ostsee oder nach Sylt oder zur Kur nach weiß ich wohin, da

gibt es ja zahllose Bäder, wo man spazieren gehen kann, sein Wässerchen trinkt, das Kurkonzert hört.« Er atmete hilflos auf: »Aber nach Feuerland? Man glaubt, man hört nicht recht. Wir, meine Frau und ich sind sehr besorgt, daß Sie überhaupt verreisen wollen. In einem Alter, in dem doch jeden Augenblick etwas passieren kann.«

Er sah Jakob fest an: »Wollen Sie da die Verantwortung übernehmen?«

Jakob lächelte freundlich: »Ja. Natürlich nur in Zusammenarbeit mit dem lieben Gott.«

»Herr Biedermann«, holte der Schwiegersohn tief Atem, »Sie sind zweiundachtzig –«

»Ja«, antwortete Jakob und nun fast ein wenig zu laut: »Ja, und ich möchte immer noch nach Feuerland.«

»Hören Sie doch endlich auf mit Feuerland«, fuhr der Schwiegersohn Jakob an, setzte nüchtern fort: »Wohin wollen Sie also?«

»Wir haben noch keine Ahnung.«

»Sie wollen doch morgen losfahren. Adele packt schon ihren Koffer.«

»Nun, wir wollen einfach los. Sozusagen ins Blaue hinein.«

Der Schwiegersohn richtete sich auf, nahm eine fast autoritäre Haltung ein: »Ins Blaue? Ins Blaue kommt nicht in Frage.« Fast flehend fuhr er fort: »Das müssen Sie verstehen, wir müssen doch ständig in Verbindung bleiben, täglich telefonieren. Da müssen außerdem noch Versicherungen abgeschlossen werden, daß man weiß, wie man im Notfall zurückgeholt wird.«

In diesem Augenblick kam Adele herein, bepackt mit Paketen. »Hallo«, sagte sie, »schauen Sie, Jakob, was ich alles gekauft habe.«

»Ich sehe es mit Vergnügen, Adele. Aber Sie kommen rechtzeitig, um eine wichtige Frage zu beantworten: Wer bringt uns im Notfall zurück?«

»Wie?« wunderte sich Adele, »von was für einem Notfall ist die Rede?«

»Mama«, sagte der Schwiegersohn, »es kann doch immer etwas passieren.«

Adele stutzte, sah Jakob an: »Was meint er?«

Lakonisch erwiderte Jakob: »Er meint Krankheit und Tod.«

»Aber Unsinn –« lachte Adele, »wie sagten Sie neulich? Der Tod kommt zwar näher, aber man muß ihm ja nicht entgegengehen.« Heiter setzte sie hinzu, sah ihren Schwiegersohn an: »Nicht mal im Geiste. Wir respektieren den Tod, aber erst –« sie richtete den Blick wieder auf Jakob, »im letzten Augenblick. Bis dahin leben wir.« Sie atmete auf: »Jakob, ich habe eingekauft. Das heißt: Gekauft habe ich noch nicht. Ich habe ein paar Kleider mitgenommen. Ich sagte, ich muß sie erst meinem Mann zeigen –.« Sie bremste sich plötzlich, sah von einem zum anderen, sagte: »Oh.«

»Warum sagen Sie oh, Adele?«

»Ich finde es im Moment schicklich, oh zu sagen, obwohl ich weiß, daß dies eine altmodische Reaktion ist. Wer sagt heute noch oh.«

Jakob lächelte: »Dabei kann man es so entzückend sagen.«

»Auch dafür, Jakob, muß man ein Gefühl haben. Darf ich Ihnen jetzt die Kleider vorführen?«

Sie sah ihren Schwiegersohn an. »Lieber Walter, du hast sicher Fragen gestellt, die du dir schuldig bist. Aber eine Frau, die Kleider vorführen will, ist nicht zu bremsen.«

»Ich sehe es, Mama«, murmelte der Schwiegersohn, »ich sehe es.«

Jakob folgte Adele in ihr Zimmer.

»Setzen Sie sich, Jakob. Und harren Sie der Dinge.«

Jakob setzte sich gemächlich, sah sich um.

»Ein hübsches Zimmer haben Sie hier.«

»Aber Sie kennen es doch.«

»Aber ich habe mich noch nie richtig umgesehen. Sie sind ein Sammlertyp.«

»Ich weiß, ich weiß«, nickte Adele, »ich kann nichts wegwerfen. Sie meinen die vielen Fotos an der Wand. Es sieht nicht schön aus, aber ich habe sie alle an die Wand gehängt, um umgeben zu sein von meinen Erinnerungen.«

»Ich weiß«, sagte Jakob, »ich habe es auch mal versucht. Aber es wurden zu viele Bilder. Ich habe sie schließlich alle abgehängt –«

»Um sie zu vergessen?«

»Vergessen kann man nichts«, erwiderte Jakob, »im Alter wird die Vergangenheit immer lebendiger. Was Sie wissen, meine Liebe.«

»Ja, ich weiß es und habe mich immer gefragt, ob es ein Fehler ist.«

»Es ist keiner, Adele.«

Adele atmete auf. »Ich möchte jetzt nicht über die Vergangenheit sprechen, Jakob. Nicht jetzt, obwohl es sicher notwendig ist, mal darüber zu sprechen, über meine persönliche Vergangenheit.«

»In Ordnung, Adele, bleiben wir jetzt bei Ihrer persönlichen Gegenwart. Zeigen Sie mir Ihre Kleider.«

»Wissen Sie, daß ich Herzklopfen habe?«

»Warum haben Sie Herzklopfen?«

»Ich stelle etwas fest.«

»Was stellen Sie fest, Adele?«

»Ich möchte Ihnen gefallen, Jakob.«

Jakob lächelte. »Sie werden damit keine große Mühe haben.«
»Sie sollen kritisch sein, nicht nachsichtig.«
Adele verschwand im Nebenzimmer. Jakob lehnte sich bequem zurück, hielt den Blick auf die Fotos gerichtet, die an der Wand hingen und in denen sich das Leben Adeles niedergeschlagen hatte, ein paar Personen sahen Jakob ernst an, Personen, die einzeln standen oder in Gruppen, mit jener merkwürdigen Würde, die auch der Vergangenheit anzugehören schien. Fotos von alten Häusern, von Hunden und Wäldern, Bilder, die den Blick in ein vergangenes Leben freigaben.
»Sitzen Sie, Jakob?«
»Ich sitze und bin auf alles gefaßt.«
Adele kam herein, sie trug ein Kleid, das zweifellos ein Sommerkleid war, helles Blau und sehr weißes Weiß. Jakob pfiff.
»Sie sollen nicht pfeifen, Jakob. Sie sollen Ihren ersten Eindruck wiedergeben und – den ganz spontan. Legen Sie mal Ihre Gewohnheit ab, immer erst nachzudenken, ehe sie etwas sagen.«
»Was verlangen Sie da?« murmelte Jakob. »Etwas abzulegen, was sich anzueignen so große Mühe machte. Aber auch nach einer vollen Minute habe ich noch den gleichen Eindruck wie in der ersten Sekunde: hervorragend, meine Liebe.«

»Ist es nicht zu aufdringlich?«
»Was soll daran aufdringlich sein?«
»Die Farben, Jakob. Gegen das Weiß ist nichts zu sagen, aber dieses Blau –«
»Was ist mit dem Blau?«
»Es ist ein Signal-Blau.«
»Was ist denn das für eine Farbe?« wunderte sich Jakob.
»Ich meine, dieses Blau signalisiert etwas –«
»Was signalisiert es, Adele?«
»Etwas, was zu signalisieren möglicherweise unpassend ist: Eine gewisse Lust zu leben, sich – darzustellen oder anzubieten, ich meine rein körperlich.«
Wieder pfiff Jakob.
»Sie pfeifen schon wieder, Jakob. Man pfeift jungen Mädchen nach, aber keiner Dame.«
»Sie zweifeln hoffentlich nicht daran, eine zu sein.«
»Hm –« meinte Adele, »damit hatte ich immer Schwierigkeiten. Ich wußte lange Zeit nicht, was eine Dame ist. Es schien mir immer eine mehr abstrakte Sache zu sein, und ich fürchtete schon, nie eine Dame zu werden, um nicht selber abstrakt zu sein.«
»Liebe Adele«, murmelte Jakob, »Sie verstricken sich da in schwierige Gedankengänge. Sie wissen

nicht recht, was eine Dame ist, ich weiß nicht recht, was eigentlich ein Herr ist. Wollen wir uns damit begnügen, Menschen zu sein, obwohl auch dieser Begriff sich langsam zu einer Fragwürdigkeit entwickelt. Um bei dem direkten Anlaß unseres Gespräches zu bleiben: Dieses Kleid steht Ihnen hervorragend, was immer Sie sind, ob Dame oder Mensch.«

»Ich will es Ihnen glauben«, nickte Adele, setzte trocken fort: »Es gefällt mir nämlich selber, und ich war fest entschlossen, mich über Ihre Meinung hinwegzusetzen, falls sie negativ gewesen wäre.«

Jakob lachte herzlich. »Weiter so, Adele.«

Adele zeigte Jakob noch weitere Kleider. Lebhaft sagte sie: »Ich war im Geschäft, Jakob, und ließ mir alles zeigen. Ganz plötzlich bekam ich schwebende Füße, so gut wie, ich gebrauche einen Vergleich, Jakob, schwebende Füße also und einen schwebenden Verstand, alle Gedanken bewegten sich leichter, als hätten sie Flügel –« sie sah Jakob ernst an, »ich wurde leichtsinnig, Jakob«, sie atmete tief auf, »und bin es noch. Sie gehen auf eine Reise mit einer leichtsinnigen Frau, Jakob. Ich frage mich, ob ich Sie warnen muß.«

»Liebe Adele«, erwiderte Jakob, »leichten Sinnes zu sein ist kein Fehler, sondern eine Errungenschaft, manche arbeiten daran ein Leben lang und bekommen nicht, was ihnen, uns allen zu wünschen wäre: leichte Füße.«

»Das sagen Sie so«, murmelte Adele, »aber mein innerer Zustand ist so, daß ich ungewöhnliche Dinge tun könnte. Wissen Sie, seit wann ich das habe?«

»Seit wann haben Sie das, Adele?«

»Seitdem Sie sagten, wir fahren nach Feuerland. Seitdem schreibt meine Phantasie Märchen. Ein Zustand, der mich an etwas erinnert, an meine Liebesgeschichten.« Fast ärgerlich setzte sie hinzu: »Die ganze Zeit frage ich mich, ob ich Ihnen das wohl sagen soll.«

»Erzählen Sie nur.«

»Ich bin mal mit einem jungen Mann durchgebrannt, Jakob. Alles war irrsinnig aufregend. Da hatte ich das gleiche Gefühl, Schweben in den Füßen, die Phantasie bekam Flügel, und der Kopf war ganz leicht.«

»Das gleiche Gefühl haben Sie jetzt?«

»Und wie, Jakob. Ich zog mit meinen Kleidertüten los, war irrsinnig vergnügt und dachte die ganze Zeit: Ich brenn' mit einem jungen Mann durch.«

Beide lachten herzlich. Der Schwiegersohn hörte im Wohnzimmer das herzliche Lachen, er schüttelte den Kopf und war auf eine Weise irritiert, die ihn noch mehr irritierte, er wurde ein wenig neidisch.

Jakob und Adele zogen nun los.

»Unsere Reise muß eine Station bekommen, eine erste Station, dann vielleicht eine zweite, eine dritte. Wie fangen wir an, Jakob?«

Jakob hielt es für das beste, ein Reisebüro aufzusuchen. Sie betraten das Büro, einen sehr großen Raum, der schon den Hauch der weiten Welt enthielt, ein großes Flugzeugmodell schmückte den Raum, weiß, blau und silbern. Die Wände zeigten Plakate, in denen Meeresblau vorherrschte. Die Menschen in diesem Meeresblau waren alle besondere Menschen, sie lachten, waren sehr jung, sehr schön und schienen durchdrungen zu sein von Freude. Kein griesgrämiges oder magenkrankes Gesicht dabei.

Jakob murmelte: »Man sollte glauben, Menschen werden nicht älter als achtundzwanzig. Ab neunundzwanzig muß man sich genieren.«

»Fangen Sie nicht wieder an, die Menschheit zu kritisieren, Jakob. Das Meeresblau gefällt mir, die netten Menschen gefallen mir, ich bin darauf aus, alles schön zu finden, Jakob.«

Ein junger Mann kam auf Jakob und Adele zu. Er sah sehr gut aus, war korrekt angezogen und

zeigte ein Gesicht, das Jakob ein gebügeltes Gesicht zu nennen pflegte.
Diskret musterte er den älteren Herrn, die ältere Dame, klassifizierte sie: alt, gebildet, keine armen Leute.
Jakob übernahm die Führung.
»Wir beabsichtigen, eine Reise zu unternehmen, und wollen uns von Ihnen beraten lassen.«
Der Angestellte verbeugte sich leicht. »Sie haben gewisse Vorstellungen, nehme ich an.«
Adele war ziemlich aufgekratzt. Sie stieß hervor: »Feuerland.«
»Wie meinen Sie?« fragte der Angestellte irritiert.
Jakob berichtigte: »Es muß nicht Feuerland sein.«
Der Angestellte hielt es für richtig zu informieren, etwas lächelnd, nicht sehr lächelnd, denn er wollte sich natürlich nicht lustig machen. »In Feuerland haben wir jetzt Winter. Außerdem ist Feuerland kein Ferienland. Das wäre für Sie kaum das Richtige.«
»Ganz recht«, nickte Jakob, »es sollte schon etwas näher liegen, dennoch gewissen Vorstellungen entsprechen.«
»Ich verstehe«, übernahm der junge Mann das Wort: »Sonne, Wärme, Komfort.«

Adele machte eine Bewegung. Jakob wandte sich ihr sofort zu: »Nicht einverstanden, Adele?«
Adele flüsterte: »Hat er da Feuerland beschrieben?«
»Nein, Adele«, sagte Jakob ruhig, »Sonne, Wärme, Komfort. Nichts dagegen, aber das steht nicht an erster Stelle. Was steht an erster Stelle, Adele?«
»Darüber denke ich die ganze Zeit nach.«
Der Angestellte sah von einem zum anderen, sagte im freundlich-forschen Ton: »Sie wollen doch sicher ein hübsches Hotel. Am Meer, mit Swimming-pool, angenehme Bedienung, Kellner, die deutsch sprechen, abends Musik, daß man ein Tänzchen wagen kann.« Er korrigierte sich gleich: »Wenn man will, wenn die körperliche Situation es noch zuläßt.«
Jakob sah Adele groß an: »Haben wir eine körperliche Situation, Adele?«
Adele lachte vergnügt. »Ich habe keine körperliche Situation. Nicht in dem Sinne, wie das hier gemeint ist.«
Sie sah den Angestellten an: »Sie können davon ausgehen, daß unsere körperliche Situation in Ordnung ist.«
»Sie hören –« wandte sich nun wieder Jakob an den Angestellten: »Die körperliche Situation ist

zufriedenstellend. Aber –« nun wandte er sich wieder an Adele, »wollen wir abends ein Tänzchen wagen und einen Kellner, der deutsch spricht?«

»Nein«, erwiderte Adele, »das ist nicht meine Vorstellung von Feuerland.« Sie atmete tief auf, sah den Angestellten an: »Kein Hotel.«

Der Angestellte war ein wenig unangenehm berührt, behielt aber seine Fassung ebenso wie seine Höflichkeit, wenn auch mit gewisser Anstrengung.

»Entschuldigen Sie –« gab er zu bedenken, »ältere Leute sind doch angewiesen auf gewissen Komfort, auf Fahrstühle beispielsweise, um ihnen das Treppensteigen zu ersparen und –« seine Stimme gewann an Lebhaftigkeit, »besonders wichtig, das Hotel, das ich im Auge habe, verfügt über ein besonderes Seniorenprogramm. Gymnastik am Strand, gemeinsames Blutdruckmessen.«

Adele zog scharf die Luft ein: »Jakob.«

Jakob blieb gelassen, sah den Angestellten ruhig an: »Sie sehen, ein solches Hotel entspricht nicht unseren Vorstellungen.«

Der junge Mann hatte Mühe, seinen höflichen Gesichtsausdruck zu behalten. Er murmelte: »Sie machen es mir aber etwas schwer –«

»Adele, sagen Sie ihm, was wir wollen.«

Adele schien auf die Gelegenheit gewartet zu haben einzugreifen: »Kein Hotel, keine Kellner. Alles müßte etwas – abenteuerlich sein.«
»Abenteuerlich?«
»Ja, in gewisser Weise – aufregend. Sag ich etwas Falsches, Jakob?«
»Nein, nein, Adele.«
»Ich hätte gern noch einmal so etwas wie ein –« sie zögerte, suchte nach Worten, »so etwas wie ein Erstes-Mal-Gefühl.«
»Hübscher Ausdruck«, sagte Jakob anerkennend.
Adele fuhr lebhaft fort: »Obwohl er in sich ja ganz falsch ist. Man kann ein Erstes-Mal-Gefühl nicht wieder haben, ein Widerspruch in sich.« Sie sah Jakob intensiv an: »Oder, Jakob?«
»Das sehe ich anders«, erklärte Jakob ruhig, »ein erstes Mal kann immer wieder ein erstes Mal sein.« Er lächelte: »Vielleicht waren die früheren Ersten-Mal-Gefühle nur zur Probe, und jetzt kommt es erst, das richtige erste Mal.«
Der Angestellte sah angestrengt von einem zum anderen.
Adele murmelte: »Ob er das versteht?«
Der Angestellte sammelte sich, blieb sehr höflich: »Es fällt mir in der Tat etwas schwer. Wir haben natürlich auch Abenteuer-Urlaube im Angebot.«

Er holte Atem, stieß hervor: »Etwa eine Schlauchbootfahrt durch den Grand Canyon –«
Adele lachte, winkte ab: »Nein, nein, wer so lange gelebt hat wie wir –«
Jakob setzte fort: »Er hat den Grand Canyon hinter sich.«
Adele: »Eine zuweilen ziemlich aufregende Flußfahrt –«
Jakob: »Mehrfach gestrandet –«
Adele: »Mühsam über Wasser gehalten.«
Jakob: »Man hat nur gesehen, wie man und daß man davonkam.«
»Mit dem Leben davonkam«, sagte Adele, »und wir sind davongekommen, gerade noch.«
Der Angestellte unterdrückte seinen Ärger: »Also, kein Hotel, keinen Grand Canyon. Wie wär's denn mit einem Ferienhaus?«
Adele hob wie elektrisiert den Kopf: »Jakob?«
»Würde Ihnen das zusagen, Adele?«
Ihre schwebende Stimme: »Ein Haus?«
»Er soll uns mal zeigen, was er anzubieten hat.«
Der Angestellte war sichtlich froh, einen gewissen Fortschritt erzielt zu haben.
»Warten Sie«, sagte er, »ich hole mal die Kataloge.«
Er entfernte sich.
Jakob wandte sich an Adele: »Ich weiß, Adele, ein

Haus hat für uns eine besondere Bedeutung. Wir waren ein Leben lang auf der Suche –«

»Ja«, nickte Adele, »nach einem Haus, das beschützt. Nach den vier Wänden, zwischen denen man sich wohl fühlt. Man hat uns die vier Wände weggenommen –«

»Bis wir total im Freien standen.«

»Im Freien werden wir bleiben, Jakob?«

»Wir werden im Freien bleiben«, murmelte Jakob, »aber es ist erlaubt, das Haus, die vier Wände zu suchen. Bis zuletzt.«

Der Angestellte kam mit seinen Katalogen zurück, blätterte auf. Man sah die hübschen Häuser, eingebettet in Meeresblau und Wiesengrün.

»Wir werden schon etwas finden«, sagte der Angestellte hoffnungsvoll. »Hier haben wir Hunderte von Häusern, für jeden Geschmack. Da gibt es Häuser mit zwei Zimmern, drei Zimmern, am Meer, im Gebirge, überall fließendes Wasser natürlich.« Er drehte den Katalog herum, daß Jakob und Adele den vollen Anblick hatten.

»Alle möbliert«, fuhr er fort, »nur das Nötigste selbstverständlich –« er lächelte, »die persönliche Note muß mitgebracht werden.«

»Ein Punkt, der uns keine Schwierigkeit bereiten würde«, meinte Jakob.

Adele beugte sich über die Bilder, sie flüsterte:

»Feuerland, Jakob? Die Häuser sehen alle so nüchtern aus. Sie sehen mich geradezu feindselig an. Was haben Sie für einen Eindruck, Jakob?«
»Man sieht ihnen den Zweck an.«
»Nicht wahr«, nickte Adele, »den Zweck, Geld zu verdienen.«
Der Angestellte hielt es jetzt für ratsam, eine gewisse Schärfe in seine Rede zu legen. »Das ist allerdings ihre Bestimmung«, sagte er, »ihre Bestimmung ist, unpersönlich zu sein.«
Jakob und Adele richteten sich wieder auf.
»Tut mir leid«, murmelte Adele.
Der Angestellte furchte die Stirn, zögerte: »Wir haben da allerdings gerade etwas hereinbekommen, ein ganz besonderes Angebot, das für Sie sicher nicht in Frage kommt. Ein ganz ungewöhnliches Objekt, es ist fast so etwas wie ein Schloß.«
Er starrte Jakob und Adele an.
»Zu groß für Sie.« Er lächelte, nun fast ein wenig böse, ironisch, »Schlösser nehmen Sie wohl nicht.«
»Nehmen wir Schlösser, Jakob?« fragte Adele.
»Man sollte uns das Schloß mal zeigen«, sagte Jakob, so kühl er konnte.
»Moment bitte«, sagte der Angestellte und verschwand.
»Ein Schloß, Jakob?«

»Ein Schloß ist auch nur eine Wohnung. Außerdem wollte ich dem Menschen da seinen Triumphzug nicht gönnen, auf den er scharf war. Menschen, Adele, wenn sie Käufer und Verkäufer sind, sind immer im Kampf miteinander, und – verlieren tut weh.«
»Verlieren tut Ihnen weh, Jakob?«
»Ich wundere mich selbst. Man sollte daran gewöhnt sein, zu verlieren, nachdem wir so viel verloren haben.«
Der Angestellte brachte das Schloß.
Er entfaltete ein Foto.
»Es ist eher ein Kastell, ein sehr altes Haus, kein Schloß, aber ein sehr herrschaftlicher Besitz.« Er zeigte auf das Foto: »Das wäre es.«
Jakob und Adele sahen ein Haus, das in der Tat sehr groß war, mit vorgeschobenen Terrassen, Erkern, Türmen, mit trotzigen, alten Mauern, zusammengefügt aus großen Quadern, grau, steingrau, bewachsen grau, eingefärbt von Sonne, Wind und Jahrhunderten. Es lag an einem See, hob sich über den See und schien sich zu benehmen, als gehöre ihm der See.
Adele seufzte ein wenig, flüsterte: »Jakob.«
Jakob selber war ganz hingerissen: »Wie sieht es aus, Adele?«
Adele flüsterte: »Ein bißchen wie Feuerland.«

Der Angestellte rief nervös: »Nein, nein, das ist in Italien. Dieses Haus, dieses Kastell liegt am Ortasee.«
»Dieses Haus –« murmelte Jakob, »kann man mieten?«
»Ja, es ist eine Gelegenheit. Es gehört einem Mann, der es nicht nötig hat, dieses Haus zu vermieten. Es ist ein Graf oder so etwas, vielleicht auch ein Fürst, wenn kein Fürst, dann möglicherweise ein Bankier. Er besucht seine Kinder in Amerika, bleibt dort ein halbes Jahr und will das Haus versorgt wissen.« Der Angestellte fügte hinzu: »Zum Haus gehört eine Angestellte, die Ihnen zur Verfügung stünde. Aber Sie sehen ja selbst, das Haus ist nichts für Sie.«
»Wieso ist dieses Haus nichts für uns?« fragte Adele, und Jakob registrierte einen aggressiven Ton in ihrer Stimme.
Der Angestellte beeilte sich zu antworten. »Es ist ein Haus mit sehr vielen Zimmern. Es ist etwas für mehrere Personen, für eine große Familie, die dort auch noch Freunde unterbringen kann.«
»Was kostet es?« fragte Jakob.
»Es hat natürlich seinen Preis«, sagte der Angestellte, »es ist nichts für jemanden, der auf Geld schauen muß.«
»Nun –« sagte Jakob lakonisch, »ich bin kein

Graf, kein Fürst, nicht einmal ein Bankier, aber wir sind Leute, die sich für dieses Haus interessieren.«

»Tausend Mark die Woche.«

Adele zuckte ein wenig zusammen, sie wollte schon sagen: schade, als sie Jakob sprechen hörte: »Wir nehmen es.«

»Wir nehmen es, Jakob?«

»Wir nehmen es, Adele.«

»Für tausend die Woche?«

»Für tausend die Woche.«

Der Angestellte war zufrieden, froh, die Sache zu einem Abschluß gebracht zu haben.

Er fertigte die Unterlagen aus und erwies den beiden älteren Leuten plötzlich und ganz unvermutet großen Respekt. Er brachte beide zur Tür, hielt Jakob kurz am Ärmel fest, fragte flüsternd: »Eine Frage habe ich. Was hat die Dame immer nur mit Feuerland?«

»Oh«, erwiderte Jakob, »das ist ein anderer Name für Arkadien.« Er sah den Angestellten aufmerksam an: »Sie wissen, wo Arkadien liegt?«

»Da bin ich im Moment überfragt«, sagte der Angestellte.

»Eine Landschaft in Griechenland, die Heimat des Gottes Pan. Der Klang seiner Flöte ist im allgemeinen Lärm ein wenig untergegangen.«

Er lächelte und meinte: »Vielleicht hören wir sie eines Tages wieder. Möglicherweise. Guten Tag.«
Jakob und Adele gingen hinaus, ließen den Angestellten ein wenig ratlos zurück.
Der Mann ging zu einem Kollegen und fragte ihn: »Haben wir Reiseziele in Arkadien?«
Der Kollege überlegte: »Pauschalreisen, Charter? Nicht daß ich wüßte.«
Vor dem Reisebüro blieb Adele stehen.
»Jakob«, sagte sie streng. »Ich kenne Sie jetzt schon einigermaßen. Ich habe Sie für einen Menschen gehalten, der weiß, was er tut. Ich frage Sie jetzt: Wissen Sie, was Sie getan haben?«
»Ich weiß es, Adele. Ich habe ein Haus gemietet, das wir uns nicht leisten können.«
»Das Sie sich dennoch geleistet haben?«
»Ja, das ich mir dennoch geleistet habe.«
»Warum, Jakob?«
Er lächelte: »Ich habe Ihnen zugehört, Adele. Sie sagten: ein bißchen Feuerland. Und das fand ich auch.«
»Gut«, murmelte Adele, »vielleicht haben wir einen Fehler gemacht.« Sie lachte: »Aber was für einen Fehler. Er hat Größe, Jakob. Wenn man schon Fehler macht, dann sollen sie Charakter haben. Dieser hat Charakter, ganz ohne Frage.« Sie

nahm den Arm von Jakob, marschierte los und rief: »Jetzt habe ich sie wieder, schwebende Füße.«

Sie wanderten durch die Straßen. Adele hatte sich bei Jakob eingehängt, hob plötzlich den Kopf: »Jakob, gibt es eine besondere weibliche Psyche?«

Jakob entgegnete: »Man spricht zuweilen davon.«

»Aber glauben Sie, daß es sie gibt?« beharrte Adele.

»Muß ich jetzt darüber nachdenken?« wehrte sich Jakob ein wenig.

»Es würde mir helfen.«

»Ja, wie –« fragte Jakob, »befinden Sie sich in einem Zustand, in dem Sie Hilfe benötigen?«

Adele atmete tief auf. »Wenn ich Ihnen meinen Zustand beschreiben darf: Ich freue mich nämlich.«

»Ein Zustand –« lächelte Jakob, »gegen den nichts einzuwenden ist.«

»Aber es ist keine gewöhnliche Freude, keine Allerweltsfreude, es ist eine ganz ungewöhnliche Freude. Ich freue mich nämlich, wie sich nur ein ganz junges Mädchen freuen kann, wenn es etwas tut, was verboten ist.«

»Was tut ein junges Mädchen, wenn es etwas ganz Verbotenes tut?«

Adele blieb stehen, sah Jakob an, und in ihren Augen blitzte es: »Es brennt mit einem jungen Mann durch.«

»Liebe Adele –« murmelte Jakob, »junge Mädchen von heute tun nichts Verbotenes, weil es für sie nichts Verbotenes gibt.«

»Es gibt für sie nichts Verbotenes?«

»Nein, sie tun, was sie wollen, und sie halten das, was sie tun wollen, für ihr selbstverständliches Recht. Sie haben da ganz altmodische Ansichten.«

»Habe ich?«

»Haben Sie, Adele.«

Adele atmete tief auf. »Dann möchte ich etwas feststellen. Die jungen Mädchen von heute tun mir leid.«

»Warum tun sie Ihnen leid?«

»Kein Herzklopfen mehr?«

»Selten, nehme ich an«, erwiderte Jakob.

»Sie dürfen alles tun?«

»So ziemlich alles.«

»Hm –« meinte Adele, »dann werden sie schneller traurig, und möglicherweise wissen sie nicht warum. Ich jedenfalls freue mich und habe auch Herzklopfen. Und jetzt komme ich wieder auf die weibliche Psyche. Ist es vielleicht typisch, daß ein so altes Mädchen wie ich noch Herzklopfen hat, wenn es mit einem Mann verreist?«

Jakob verhielt nun seinerseits den Schritt. »Ihr Herzklopfen, Adele, ist nicht weiblich, es ist – eine Gnade Gottes.«

»Hm –« meinte Adele trocken, »dann wollen wir es auch dabei belassen.«

Sie schritten wieder aus, fanden ein Restaurant, in dem sie noch nicht gegessen hatten, nahmen Platz und ließen sich die Speisekarte geben.

»Jakob –« sagte Adele, »ich habe immer Hunger gehabt, wenn ich aufgeregt war. Sie nie?«

»Nein«, murmelte Jakob, »ich habe dann eher Durst bekommen.« Er winkte dem Kellner und bestellte eine Flasche Sekt.

»Sekt, Jakob? Sind Sie vielleicht auch aufgeregt?«

»Adele, ein Mann gibt das nicht zu, selbst wenn es so ist. Es gibt nämlich auch eine männliche Psyche.«

Befriedigt lehnte sich Adele zurück: »Wir sind also beide aufgeregt.«

Sie sah ihn an, und wieder spielten die Lichter in ihren Augen. »Jakob, was soll ich davon halten? Zwei aufgeregte Leute vor einer gemeinsamen Reise. Ich fürchte, wir sind mitten drin in einer Liebesgeschichte.« Sie schüttelte den Kopf, war fast ein wenig betroffen und seufzte: »Du liebe Zeit, hört das denn nie auf.«

Jakob lachte herzlich.
Der Kellner kam mit dem Sekt, öffnete die Flasche geräuschvoll, schenkte ein.
Sie tranken, und Adele nahm mehrfach Anlauf, etwas zu sagen, traute sich nicht, sagte es dann trotzdem: »Jakob, können alte Leute einander lieben?«
Sie sah ihn gespannt an.
»Ist diese Frage wichtig für Sie, Adele?«
»Ja, sie ist wichtig.«
Jakob überlegte.
»Warum überlegen Sie, Jakob?«
»Diese Frage läßt sich nicht mit einem Wort beantworten.«
»Nicht mit ja oder nein?«
»Das wäre zu wenig. Sagen wir so: Einfach ja oder nein, das hätte diese interessante Frage nicht verdient.«
»Muß ich mich also auf längere Ausführungen gefaßt machen?«
»Man muß sich fragen, was Liebe eigentlich ist.«
Adele antwortete fast hitzig: »Liebe ist eine ganz eindeutige Sache, Jakob.«
»Finden Sie? Es gibt die Liebe zu einer Frau, zu einem Mann, und dies aus ganz biologischen Gründen, die unerhört wirkungsvoll sein können, aber es gibt auch Liebe – zu Kindern, zu Tieren, zu Ge-

dichten.« Er zögerte eine Weile, sagte dann: »Und die Liebe zu Gott.«

»Ich dachte jetzt mehr an mich, an uns, Jakob«, fügte Adele leise hinzu.

»Ich will nur sagen«, setzte Jakob fort, »die eigentliche Liebe beginnt erst jenseits von biologischen Zwängen.«

»Na, na«, sagte Adele, »ich fürchte, Sie abstrahieren den Begriff Liebe.«

»Was er verdient«, beteuerte Jakob, »das gewöhnliche Bild der Liebe ist die innige Umarmung, ich denke, die wirkliche Kraft der Liebe entfaltet sich jenseits dieser Bilder, wenn die körperliche Liebe zur geistigen wird oder wenn beides sich mischt, dann wird die Liebe –« er suchte nach Worten, »ich kann es nicht anders sagen: Sie wird tiefer, unmeßbar plötzlich, sie bietet keine kurzlebigen Genüsse, sondern unendliche Befriedigung, nein, Befriedigung ist nur ein Teil davon, sie bietet Gehaltensein, Aufgehobensein, so als sei der unendliche, nie aufhörende Wunsch nach absoluter Erkenntnis zwar nicht erfüllt worden, aber als sei er nun weniger schmerzlich.«

»Weniger schmerzlich?« murmelte Adele, überlegte, hatte den Kopf gesenkt.

»Jakob«, sagte sie dann, atmete tief auf, »darf ich meine weibliche Psyche ins Spiel bringen?«

»Bringen Sie sie, Adele.«

»Ich verspreche Ihnen, ich werde über Ihre Worte sehr nachdenken, da sie mich im Moment etwas verwirren. Ich sehe die Sache viel einfacher.«

Jetzt hob sie den Kopf, sah Jakob offen an: »Ich mag Sie, ich spüre etwas hier in meiner Brust, ich habe da ein Gefühl, das ich Sympathie nennen könnte, Zuneigung, aber ich habe mich entschlossen –« sie seufzte auf, »es für Liebe zu halten.«

Fast hitzig rief sie aus: »Jetzt sagen Sie mir, was daran falsch ist.«

Jakob lachte herzlich: »Nichts ist falsch, Adele.«

»Der liebe Gott, Jakob – da Sie ihn schon erwähnt haben –, hat uns ein Geschenk gemacht. Das Geschenk heißt Liebe.«

Wieder lachte Jakob, hob die Hände: »In Ordnung, Adele.«

»Und ich gebrauche jetzt Ihre Worte, Jakob. Ich spüre Befriedigung, Erleichterung, Gehaltensein, Aufgehobensein.« Sie atmete plötzlich tief auf. »Du lieber Himmel, ich tue ja etwas ganz Unmögliches.«

»Was ist daran unmöglich?«

»Eine Frau sollte einem Mann nicht ihre Liebe erklären, es sollte doch wohl umgekehrt sein. Und von Ihnen kommt nichts?«

Adele stand plötzlich auf. »Ich fürchte, ich bin unmöglich.« Sie stand da, war ganz unglücklich plötzlich.
»Setzen Sie sich, Adele. Wir sind ja auf dem Wege –«, er machte eine Pause, ehe er weitersprach, »nach Feuerland.«
»Hm –« meinte Adele, lachte: »Wissen Sie, was Sie auszeichnet, Jakob? Sie finden das richtige Wort zur richtigen Zeit, und das ist eine Sache, die man zu den schwierigsten zählen muß.«
Ruhig sagte Jakob: »Adele, um Ihre Frage nun doch mit ja oder nein zu beantworten. Es gibt sie natürlich, die Liebe zwischen alten Leuten.«
Sie aßen und tranken und marschierten dann weiter durch Berlin. Als Adele abends nach Hause kam, wurde sie von ihrer Tochter, ihrem Schwiegersohn schon erwartet.
»Wir sind ganz glücklich, Mama«, sagte Marianne, »daß von eurer Reise gar nicht mehr gesprochen wird.«
»Wie?« wunderte sich Adele.
»Es sieht so aus, Mama, als habt ihr eure Pläne aufgegeben. Was uns sehr erleichtert.«
»Aber, aber –«, rief Adele, »im Geiste sind wir schon gar nicht mehr hier.«
»Ja, wie?« fragte die Tochter. »Ihr haltet fest an eurer Absicht?«

»Wollt ihr immer noch ins Blaue fahren?« fragte der Schwiegersohn.
»Mein lieber Junge«, sagte Adele, »so blau ist das gar nicht mehr. Wir haben ein –« sie zögerte etwas, sprach es dann mutig aus, »ein Schloß gemietet.«
»Ein Schloß, Mama?«
»Nein, es ist kein Schloß, es ist ein Kastell, ein ganz altes Ding, es hat, glaube ich, dreiundzwanzig Zimmer und liegt über einem See.«
Marianne sah ihren Mann an, und der gab den fast entsetzten Blick zurück.
»Nun mal im Ernst, Mama. Ihr habt ein Schloß gemietet mit dreiundzwanzig Zimmern?«
»Dreiundzwanzig oder vierundzwanzig. Es spielte keine Rolle, weil wir ja nur eins benutzen. Eins oder zwei.«
Der Schwiegersohn wurde energisch. »Nun mal die Fakten auf den Tisch, Mama.«
Adele berichtete nun von den Besonderheiten des Objektes, erwähnte den Besitzer, der Fürst oder Bankier sei und der seine Kinder in USA besuchen wolle.
»Eine Gelegenheit«, beteuerte Adele.
»Kostenpunkt?« beharrte der Schwiegersohn, der, wie gesagt, Leiter des Rechnungswesens in seiner Firma war.

»Hm –« zögerte Adele, seufzte: »Tausend die Woche.«
»Tausend die Woche«, wiederholte der Schwiegersohn und war bemüht, sein Entsetzen akustisch umzusetzen. »Hat Jakob soviel Geld?«
»Er verkauft Wertpapiere.« Trotzig setzte sie hinzu: »Und das tue ich auch.«
Der Schwiegersohn wurde immer ungehaltener: »Du willst an dein Kapital?«
Er betonte es, als sei Adele dabei, eine Todsünde zu begehen. »Du mußt doch an deine Zukunft denken.«
»Lieber Junge«, antwortete Adele, »eine Frau in meinem Alter sollte sich um ihre Gegenwart kümmern. Dies nicht zu tun ist ein Fehler, den sich nur junge Leute leisten können.« Sie überlegte, setzte dann fort: »Im hohen Alter fallen Gegenwart und Zukunft zusammen.«
Der Schwiegersohn antwortete grob: »Diesen Satz verstehe ich nicht. Aber er kommt wohl auch aus dem Kopf von Jakob.«
»Nein«, sagte Adele, »dieser Satz fiel mir ein, und je mehr ich über ihn nachdenke, um so mehr gefällt er mir.«
»Und wo liegt nun dieses – Schloß? Dieses Kastell mit vierundzwanzig Zimmern?«
»Es liegt in Italien am Ortasee.«

»Nie was davon gehört«, murmelte der Schwiegersohn, sah seine Frau an: »Weißt du, wo der Ortasee liegt?«
»Nein«, erwiderte Marianne, sah ihre Mutter ein wenig hilflos an: »Ist das nicht rückgängig zu machen?«
»Wir haben schon angezahlt.«
»Angezahlt?« rief der Schwiegersohn, »ich könnte mich darum kümmern, die Abmachung, den Vertrag anfechten. Man könnte ins Feld führen –«
»Ja, was?« fragte Adele, sah ihren Schwiegersohn fest an, fast ein wenig drohend.
»Nun –« murmelte der Schwiegersohn, »man könnte zum Beispiel euer hohes Alter ins Feld führen. Ein Mann weit über achtzig könnte ja nicht mehr in der Lage sein, die Tragweite seiner Entscheidungen zu übersehen.«
Adele richtete sich auf. Der Schwiegersohn bemühte sich um einen freundlicheren Ton.
»Ich weiß, Mama, ich will euch ganz gewiß nicht weh tun, aber der Vertrag wäre auf diese Weise anfechtbar.«
»Schluß jetzt«, befahl Adele, sagte dann: »Du hast ein wenig recht, wenn du sagst, wir wissen nicht ganz genau, was wir tun, aber dieses Nicht-ganz-genau-Wissen ist ja das Schöne daran. Uns gefällt

– das Unberechenbare. Man muß dem Dasein eine Chance geben, uns überraschen zu können.«

»Alles Jakob«, sagte der Schwiegersohn, »alles Jakob.«

»Wann wollt ihr losfahren?« fragte Marianne. »Wann geht euer Zug?«

»Wir fahren nicht mit dem Zug. Wir fahren mit dem Wagen.«

»Mit dem Wagen?« rief die Tochter, sah ihren Mann hilflos an, der nun seinerseits ausrief: »Das kann doch wohl nicht euer Ernst sein. Mit was für einem Wagen denn? Ihr habt doch gar keinen.«

»Wir werden morgen einen kaufen.«

»Das wird ja immer schöner«, rief der Schwiegersohn, »ihr wollt einen Wagen kaufen?«

»Einen gebrauchten. Wir suchen ihn morgen aus.«

»Nun mal in aller Ruhe, Mama«, zwang sich der Schwiegersohn zu einer Sachlichkeit, die er in Problemfällen immer für das beste hielt. »Wer von euch fährt denn?«

»Jakob fährt.«

»So, so, Jakob fährt. Er hat sicher einen Führerschein, der wird einem heute ja in die Wiege gelegt, aber der Mann fährt doch gar nicht mehr und ist – wie alt ist er?«

»Er wird dreiundachtzig. Wir waren ja beide in einer Fahrschule.«
»Was ist denn das schon wieder?«
»Wir wollten unsere Fahrtüchtigkeit überprüfen lassen. Jakob ist mit dem Fahrlehrer gefahren –« sie lächelte, »der Mann ist ganz blaß ausgestiegen –«
»Wie ich mir gedacht habe.«
»Er sagte, Sie hätten mir sagen sollen, daß Sie mal Rennfahrer waren.«
»War er es?«
»Im Kriege war er Führer einer Aufklärungsabteilung. Und anscheinend hat er nicht vergessen, sich im schwierigen Gelände zu bewegen. Die Straßen heute sind ja wohl schwieriges Gelände, und ein bißchen Krieg wird da ja jeden Tag geführt.«
Adele genoß es, Tochter und Schwiegersohn stumm dastehen zu sehen, fand dies den richtigen Moment, sich in ihr Zimmer zu begeben.
Spät am Abend, Adele lag schon im Bett, kam Adeles Enkelin Marion ins Zimmer.
»Was höre ich da, Oma«, rief sie aus, kam heran, setzte sich auf das Bett, umarmte ihre Großmutter und küßte sie.
»Menschenskind, Oma. Ihr habt ein Schloß gemietet mit vierundzwanzig Zimmern?«

»Hältst du es für verrückt?«

»Es ist natürlich ein bißchen verrückt. Aber das ist ja das Schöne daran. Das Verrückte ist ja das Interessante, Aufregende. Es ist das Neue, das Unbekannte. Für mich ist doch so vieles noch unbekannt, und ich möchte alles kennenlernen. Weißt du, was ich gedacht habe? Für alte Leute, für sehr alte Leute gibt es nichts Unbekanntes mehr.«

»Liebes Kind«, seufzte Adele, »manchmal habe ich das Gefühl, das Unbekannte fängt erst an. Die gewöhnlichen Dinge kennt man bis zum Überdruß, aber da kommen dann plötzlich die wirklich unbekannten Dinge, sie kommen näher, als hätten sie lange gleichsam im Dunkel gewartet, bis man sie bemerkt. Jakob und ich bemerken sie plötzlich, und sie regen uns auf.«

»Du sagst etwas, Oma, worüber ich nachdenken muß. Du meinst, nur die gewöhnlichen Dinge wiederholen sich?«

»Ja, es sind die Dinge, die ganz alltäglich sind, die ganz vorne sind, sie nehmen dein Interesse voll in Anspruch und verhindern auch etwas –«

»Daß man die ungewöhnlichen Dinge sieht? Was für ungewöhnliche Dinge meinst du?«

»Marion«, murmelte Adele, »ich liege im Bett und bin müde. Ich kann dir nur sagen, was Jakob gesagt hat. Er sagte: Im Alter lehnt man sich zurück, weit zurück, um weiter sehen zu können, so weit zurück, daß man die Erdkugel selbst in den Blick bekommt.« Sie murmelte: »Und dann beginnt alles erst.«

»Was beginnt?«

»Das Abenteuer des Denkens.«

»Hm –« sagte Marion, stand auf und sagte: »Weißt du, was ich mir wünsche? Einen Mann wie Jakob. Aber ich will nicht so lange auf ihn warten, wie du gewartet hast.« Sie lachte: »So einen Typ brauche ich gleich. Gibt es so was auch jung?«

»Sieh dich um«, murmelte Adele.

»Das tue ich andauernd«, beteuerte Marion, »dieses Sich-Umschauen macht ja auch gewissen Spaß.«

»Den ich dir lassen will, liebes Kind, den habe ich seinerzeit auch gehabt.«

Marion beugte sich über ihre Großmutter. »Oma«, sagte sie, »du bist ein tolles Mädchen.« Dann lief sie hinaus.

Adele lag eine Weile, behielt den Satz im Ohr. Na ja, dachte sie, ob du wirklich ein so tolles Mädchen bist? Aber könnte ja sein, sieht nämlich so aus, als sei auch Jakob dieser Meinung.

Sie dachte eine Weile an Jakob, holte sich ins Gedächtnis zurück, was er über die Liebe gesagt hatte. Was war Liebe noch? Gehaltensein, Aufgehobensein?

›Na, na‹, dachte Adele, ›das ist sehr philosophisch, ein bißchen Biologie darf ja wohl auch noch dabei sein.‹

Sie unterdrückte ein leises Lachen, und lächelnd schlief sie ein.

Am nächsten Morgen erschien Jakob sehr früh. Walter, der Schwiegersohn, hatte seinen Weg ins Büro ein wenig aufgeschoben, empfing Jakob und schien bemüht zu sein, freundlich zu wirken.

»Da wird also heute ein Auto gekauft?« fragte er wie beiläufig.

»Ah«, nickte Jakob, »Adele hat es Ihnen gesagt?«

»Dies und alles andere.« Er zögerte: »Besonders das mit dem Schloß.«

»Na ja«, murmelte Jakob, »es ist ein besonderes Objekt, das angeboten wurde, eigentlich mehr ein Zufall, eine, wie sagt man so schön, eine Opportunität.«

»Aber es handelt sich doch wohl um ein Schloß?«

»Wissen Sie, in Italien ist jedes alte Haus ein Schloß.«

»Lieber Herr Biedermann, ich schätze Sie, meine Sympathie gehört Ihnen, aber jetzt möchte ich

doch fragen: Ist das richtig, was Sie da jetzt tun? Kann man es vernünftig nennen?«
»Nein«, lachte Jakob, »vernünftig ist es nicht. Das ist es ganz gewiß nicht.«
Verdutzt rief der Schwiegersohn aus: »Sie geben es zu?«
»Aber sehr gerne gebe ich das zu. Es ist eine der schönsten Unvernünftigkeiten meines Lebens.«
»Etwas Unvernünftiges, Herr Biedermann, kann niemals schön sein.«
»Dann –« lächelte Jakob, »haben Sie noch einen sehr schönen Moment vor sich. Den nämlich, da Sie erfahren werden, wie schön das Unvernünftige sein kann.«
»Ich weiß«, sagte der Schwiegersohn störrisch, »daß Sie es lieben, sich philosophisch auszudrükken. Wenn Sie mir mal einen Abstecher dahin erlauben: Ich denke, daß der Weg, den die Menschheit nimmt, sehr kompliziert ist, voller Gefahren und daß es eine absolute Notwendigkeit ist, sich vernünftig zu verhalten.«
»Auch ich –« lächelte Jakob, »halte den Weg, den die Menschheit geht, für kompliziert. Ich fürchte, sich nur vernünftig zu verhalten, reicht nicht aus. Jenseits aller Vernunft, so wie wir sie verstehen, müßte etwas völlig neu gedacht, völlig neu empfunden werden, und zwar über alle Vernunft hin-

aus.« Er lächelte, hob die Schultern: »Am frühen Morgen solche Gespräche?«
»Ich gebe zu«, sagte der Schwiegersohn steif, »daß sie mir nicht gefallen. Ich mag es nicht, wenn die Themen im Unwirklichen verschwimmen.«
»Aber sollte man nicht doch eine Beziehung dazu bekommen, zum Unwirklichen. Vielleicht würde man das Wirkliche dann besser begreifen.«
»Bringen Sie mich nicht durcheinander«, sagte Walter, »ich gehe jetzt ins Büro, habe mit Zahlen zu tun, die in Reih und Glied stehen müssen.«
»Keine darf aus der Reihe tanzen«, lächelte Jakob und fuhr fort: »Adele und ich tanzen aus der Reihe?«
»Ja, und in einer Weise, die mich und meine Frau erschreckt.« Er zögerte, gab dann zu: »Es mag auch etwas Amüsantes daran sein.«
Er sah plötzlich ganz ratlos aus, holte Atem und sagte: »Keine leichte Sache dieses Leben. Manchmal weiß man nicht aus noch ein.«
Er schüttelte Jakob plötzlich kräftig die Hand und genau in dem Augenblick, da Adele ins Zimmer trat.
»Was sehe ich da?« rief sie. »Gebt ihr euch Sympathieerklärungen ab?«
»Ach, Mama«, sagte Walter, »ich habe ihm ge-

rade gesagt, daß ich euch nicht verstehe.« Er hob die Schultern: »Vielleicht muß man besonders freundlich sein zu Leuten, die man nicht versteht.« Er zögerte, sprach es dann aus: »Könnte ja sein, daß sie recht haben.«

Er wollte wohl jedem weiteren Wort aus dem Wege gehen, nahm seine Aktenmappe und machte sich auf den Weg.

Auch Jakob und Adele machten sich auf den Weg und suchten den nächsten Gebrauchtwagenplatz auf.

Das riesige Gelände war vollgestellt mit Autos, alle trugen an der Windschutzscheibe rote Karten, weithin leuchtend, mit riesigen Zahlen, die ins Auge fallen wollten und dies auch reichlich besorgten.

Adele hielt sich an Jakob. Der Platz war ihr zu groß, die Autos zu zahlreich. Sie irrten ein wenig durch die Reihen der stumm dastehenden Autos, die alle ihre Vergangenheit hatten und nun in Friedhofsruhe verharrten.

»Jakob«, seufzte Adele, »finden Sie sich hier zurecht?«

»Ich versuche es.«

Aber da kam auch jetzt schon ein junger Mann daher, im hellen Zweireiher, mit kräftig blauem Schlips, er setzte sein Lächeln auf, jenes, das er beherrschte, sein Berufslächeln, mit dem er auszudrücken schien: Schwierigkeiten gibt es nicht. Er taxierte die beiden alten Leute. Sie machten einen hervorragenden Eindruck auf ihn. Der ältere Herr hielt sich sehr gerade, ein gebildeter Mann, Schuhe, Anzug, alles tipptopp, na, und die Dame erst, Geschmack, Kleidung und Aussehen betreffend. Im Geiste suchte der junge Mann schon die passende Wagenmarke aus.

»Kann ich Ihnen behilflich sein?«

»Ja«, sagte Jakob, »wir suchen einen gebrauchten Wagen.«

Der junge Mann machte eine großzügige Bewegung über den Platz hinweg: »Sie sehen, was wir alles haben. Suchen Sie den Wagen für sich selbst oder soll es ein Geschenk sein, für den Enkel möglicherweise?«

»Nein, wir suchen ihn für uns selbst.«

»Aha, aha«, sagte der junge Mann, lächelte herzlich: »Autofahren ist eine Sache, die man nicht verlernt.«

Jakob zog die Augenbrauen hoch.

»Was sind denn Ihre Vorstellungen?«

»Nun, das Auto sollte in Ordnung sein, wir suchen einen Wagen, der uns nicht mit einem ungeordneten Eigenleben überrascht. Er sollte nur stehenbleiben, wenn ich auf die Bremse trete.«

Der junge Mann lachte vergnügt. »Was sich von selbst versteht. Wir haben nur geprüfte, werkstattüberholte Wagen. Haben Sie eine Vorstellung, was die Marke betrifft?«
»Nicht die geringste. Der Wagen sollte bequem sein, nicht zu bequem, aber auch nicht zu sportlich, die Federung sollte in Ordnung scin, wir wollen die Stöße der Landstraße nicht mit dem Rückgrat abfangen.«
Wieder lachte der junge Mann herzlich. »Haben Sie eine Reise vor?«
»Ja«, sagte Adele, der der junge Mann mißfiel, »wir wollen nach Feuerland.«
»Wie bitte«, rief der junge Mann aus, »nach Feuerland?«
»Die Gegend ist Ihnen bekannt?« fragte Adele.
»Ich weiß nicht –« murmelte der Verkäufer, »welches Feuerland Sie meinen. Doch nicht das am Südpol.«
Adele wandte sich an Jakob: »Ist das eine korrekte Beschreibung?«
»Halbwegs, Adele, halbwegs.«
»Ja, wie –« meinte der junge Mann, »wollen Sie den Wagen verladen, übersetzen nach Südamerika? Dann würde ich Ihnen diesen Mercedes empfehlen, ein kräftiger, robuster Wagen, der schafft Feuerland.«

Er sah etwas irritiert auf Jakob und Adele. »Ich habe Sie doch richtig verstanden mit Feuerland.«
»Der Wagen –« entschied Jakob, »ist uns zu groß und hat außerdem noch einen Nachteil. Er ist zu teuer.«
Das Wohlwollen des jungen Mannes sank in sich zusammen, etwa wie ein Luftballon Luft verliert.
»Wir werden schon einen Wagen finden«, meinte er und wirkte sehr angestrengt in der Bemühung, seine Verdrossenheit zu unterdrücken.
Jakob stand schließlich lange vor einem Volkswagen, einem Käfer. Der Wagen war weiß, von keinem strahlenden Wasch-Weiß, sondern von einem Grau-Weiß, ganz ohne Glanz und mit einer Karosserie, die hier und da ein wenig mitgenommen schien.
Der Verkäufer sagte: »Ein älteres Modell, der hat schon einige Jahre auf dem Buckel.« Er räusperte sich, schien sich entschuldigen zu wollen.
Aber Jakob ließ den Wagen nicht aus dem Blick: »Scheint aber noch ganz rüstig zu sein.«
Er wandte sich plötzlich an den jungen Mann: »Sagen Sie mal, haben Sie eine Beziehung zu Autos, eine persönliche Beziehung meine ich.«
»Nicht die geringste«, erwiderte der Verkäufer trocken.

»Dann sehen Sie auch nicht, daß dieser Wagen Charakter hat.«

Jakob sah Adele an. »Was sagen Sie, meine Liebe?«

»Einverstanden, Jakob. Der Wagen hat mir gerade zugeblinzelt.«

»Wie?« meinte der junge Verkäufer verdutzt.

»Mit dem linken Scheinwerfer«, lächelte Adele.

»Was ist mit dem linken Scheinwerfer«, sagte der junge Mann, »er kann ausgewechselt werden.«

»Adele, Sie sehen, daß Ihre Scherze nicht verstanden werden.« Er wandte sich an den jungen Mann: »Was kostet dieser Methusalem?«

So erstanden sie den Wagen.

Adele sagte: »Er paßt zu uns. Schwanenweiß sind wir auch nicht mehr.«

»Wie weiß sind wir, Adele?«

»Wind-und-Wetter-weiß, Jakob. Gerade noch, daß wir mit dem rechten oder linken Scheinwerfer blinzeln können.«

»Aber wir fahren noch mit vollem Licht.«

»So ist es, Jakob.«

Sie nahmen den Wagen gleich mit, ein Kabrio übrigens. Der Wagen benahm sich gutmütig, nahm ächzend die Fahrt auf und wirkte schließlich wie ein Arbeitspferd, das in Trab geraten war und gemächlich trabend seinen Weg nahm.

»Morgen, Jakob?« fragte Adele.
»Morgen, Adele.«
Der nächste Morgen war kein Morgen, wie man sich ihn wünscht, wenn man eine Reise antritt. Der Himmel war windzerzaust, lagerte graue Wolkenstreifen ziemlich tief über der Stadt, es lag Regen in der Luft. Adele hatte zwei Koffer gepackt, stand zwischen den Koffern und wartete.
Marianne und Walter zeigten offen und ostentativ ihre Besorgnis, während Marion ihre Großmutter umarmte: »Ich möchte am liebsten mit.«
»Du hast deinen Paß mit?« fragte Walter. »Der hoffentlich nicht abgelaufen ist.«
»Nein, er ist in Ordnung«, sagte Adele, »ihr seht mich an, als gehe ich auf eine Reise ohne Wiederkehr.«
»Mach keine Scherze, Mama«, sagte Marianne.
Jetzt hörte man die Hupe eines Autos. Adele hob den Kopf: »Jakob.«
»Was hat denn der Wagen für eine Hupe?« wunderte sich der Schwiegersohn.
»Hat sie nicht Charakter?« lächelte Adele.
»Eine Hupe muß keinen Charakter haben«, sagte Walter ärgerlich, »ihr Zweck ist, gehört zu werden. Wie hört sich diese Hupe denn an?«
»Jakob sagt, sie hört sich an wie das Meckern einer Ziege.«

»Das ist eine sehr gute Beschreibung«, rief der Schwiegersohn.
»Und eben dies gefällt uns«, sagte Adele.
Jakob hatte die Türen des Wagens geöffnet. Er wirkte sportlich-jugendlich, trug ein offenes Hemd und lachte, als er Adele sah.
»Wie sagten Sie noch, Adele? Was für ein Gefühl hatten Sie? Sie brennen mit einem jungen Mann durch. So empfinde auch ich jetzt: Ich brenne mit einem jungen Mädchen durch.«
Der Schwiegersohn schüttelte Jakob steif die Hand, sagte mahnend: »Sie wissen, was Sie für eine Verantwortung haben?«
»Ich weiß es«, nickte Jakob.
Adele umarmte ihre Familie, stieg dann ein.
»Dann man zu«, sagte der Schwiegersohn, »auf nach Feuerland. Kommen Sie gut hin.«
Jakob hob die Hand, drückte zum Abschied die Hupe, die in der Tat wie eine Ziege meckerte, dann setzte sich der Wagen in Gang, unwillig, ächzend, sich gleichsam vor dem Start schüttelnd, dann stieß er ein Wölkchen – eher zart – aus dem Auspuffrohr und zuckelte davon.
Jakob und Adele fuhren eine Weile schweigend.
»Man fühlt sich eher matt, nicht wahr, Jakob? Der Moment ist da, auf den man gewartet hat, und irgendwie ist er ganz schmucklos.«

Jakob lachte. »Das Gefühl, Adele, hat mit einem selbst zu tun.«
»Aber was für eine Situation ist das jetzt?«
»Sagen Sie, wie Sie sich fühlen.«
Adele atmete tief auf. »Ich fühle mich –« sie suchte nach einem Wort, »losgelöst. Ich habe losgelassen, was ich bisher festgehalten habe.« Sie sah Jakob zweifelnd an: »Verstehen Sie, was ich meine?«
»Ich verstehe Sie sehr gut. Ich denke, Sie haben es sehr gut ausgedrückt. Wir lassen los, was wir bisher festgehalten haben.«
»Wir lösen uns vom Bekannten und warten auf das Unbekannte. Und dies mit freudiger Erregung. Ist das richtig?«
»Das ist richtig, Adele.«
»Und eben dies macht den Augenblick zu einem ganz wundervollen. Man spürt plötzlich – Leichtigkeit, als wäre man selber schwerelos. Und das macht einen innerlich – ganz stark. Sie entschuldigen, Jakob, aber ich denke jetzt laut.«
»Die Augenblicke, Adele, in denen man sich ganz leicht fühlt, sind selten. Gewöhnlich hängt das Leben an einem wie mit Zentnergewichten. Plötzlich leicht zu sein, ist ein großes Erlebnis«, jetzt suchte auch Jakob nach Worten, »ein Zustand, der eine Voraussetzung ist, ja wofür? Für Gedichte

beispielsweise, für neue Töne in der Musik, für ganz neue Überlegungen auf allen Gebieten. Es ist – ein schöpferischer Zustand.«
»Gut, Jakob«, nickte Adele, »man sollte Ratschläge verteilen an alle, an junge Leute, an alte Leute, man müßte ihnen sagen: Macht euch ganz leicht. Damit euch Gedichte einfallen oder etwas, was bisher noch nicht gedacht wurde.« Sie seufzte ein wenig auf. »Jakob, können uns denn noch Gedichte einfallen?«
»Wir müssen sie nicht schreiben, Adele. Man fühlt sie. Zunächst fühlt man sie ja. Das Formulieren überlassen wir denen, die sich darauf verstehen. Gedichte fühlen kann jeder.«
»Dann, Jakob –« seufzte Adele, »habe ich eine Menge Gedichte in mir. Sie sind kurz vor der Oberfläche, als wollten sie formuliert werden, ich versichere Ihnen, was ich nicht versuchen werde.«
»Nein«, lachte Jakob, »wer dies versucht und es nicht kann, vergeht sich an den eigenen Gedichten.«
»Also lassen wir es«, sagte Adele.
Sie fuhren durch die DDR, passierten die Grenzstellen, die gefühlten Gedichte sanken ein wenig in sich zusammen, die Zentnergewichte des Lebens waren wieder spürbar.

Sie übernachteten in München und fuhren am nächsten Tag zum Verladebahnhof.
Methusalem holperte ächzend über die Rampe, stolperte von einem offenen Wagen zum anderen, bis er zum Stillstand kam, seufzend alle vier Räder von sich streckte.
»Der ist auch froh, daß er gefahren wird«, sagte Jakob.
So überquerten sie in aller Ruhe die Alpen, genossen die wundervollen Ausblicke auf Täler und Berge, die immer neuen Anblicke und Ausblicke, so daß eine Empfindung sich zu steigern begann: Was für eine unglaubliche Welt, was für eine Schöpfung.
»Jakob«, sagte Adele, »empfinden wir die Schönheit dieser Welt jetzt intensiver, weil sie so bedroht ist?«
»Ich denke ja«, erwiderte Jakob, »sie drängt sich förmlich auf, geradezu flehend auf, sie bringt den ganzen Liebreiz nach außen, als bettle sie darum, gesehen zu werden.«
So saßen sie und sahen den langsamen Vorbeizug der Weltbilder. Sie saßen schweigend, und die Gedichte in ihnen wurden nachdenklich und traurig.
»Nicht weit von hier in den Bergen«, sagte Jakob, »wohnt ein Schriftsteller, der aufgehört hat zu

schreiben, er sagt, es lohne nicht mehr. Er sagt, man kann zwar Bücher verkaufen, Meinungen auf den Markt bringen, aber er ist überzeugt, in einer endgültigen und sehr traurigen Weise überzeugt, daß sie keine Wirkung haben. Er meint, die Menschen gehen ihren Weg mechanisch, eher blind, fast zwanghaft, ohne Überlegung, Geschöpfe des reinen Augenblicks, sie bewegen nur noch die Füße vorwärts und haben kein Ziel vor Augen, sie sehen es gar nicht, weil es geschaffen werden müßte, und eben dazu seien sie nicht fähig.«

»Ein Schriftsteller schreibt nicht mehr?«

»Er hat kapituliert.«

»Jakob«, flüsterte Adele, »was hat er getan? Hat er sich weit zurückgelehnt, um weit sehen zu können? Hat er es geschafft, die Erdkugel selbst in den Blick zu bekommen?«

»Das könnte sein, Adele.«

»Und gibt uns verloren?«

»Offenbar gibt er uns verloren.«

Sie saß eine Weile schweigend, hob dann den Kopf. »Der Mann unternimmt keine Reise mehr nach Feuerland.«

»Nein, Adele.«

»Aber wir tun es noch?«

»Wir tun es noch, Adele.«

»Haben wir uns nicht weit genug zurückgelehnt?«
Jakob schien zu überlegen, er brauchte eine ganze Weile. »Adele –« sagte er schließlich, »der Mann hat seine Hoffnungen verloren. Das ist sein gutes Recht, so wie es unser Recht ist, Hoffnungen zu haben. Und zwar bis zum letzten Augenblick zu haben.«
Er lächelte schwach: »Vielleicht erbarmt sich Gott unser.«
»Sind wir darauf angewiesen?«
»Ganz offenbar«, sagte Jakob.
Schließlich holperte Methusalem über die Rampe zurück auf die Erde. Der Motor sprang gleich an, so als habe sich Methusalem an seine neuen Besitzer gewöhnt und wolle ihnen keinen Ärger machen.
Sie fuhren langsam durch das Tessin.
»Da hat der liebe Gott alles zusammengetan, was ihm selbst gefallen hat, Berge, Täler und Seen, und über alledem hat er Sonnenschein hinzugegeben, damit das, was er da an Kostbarkeiten ausgebreitet hat, auch im richtigen Lichte zu sehen ist.
»Fahren Sie nicht zu schnell, Jakob«, bat Adele, »ich genieße es wieder, ganz leicht zu werden. Und die Gedichte rühren sich wieder, die, die ich in mir habe.«

So kamen sie nach Ascona und bewohnten ein kleines, sehr altes Hotel.
Jakob bestellte das Abendessen bei einem sehr jungen Mädchen, das so gesund aussah wie die Natur ringsum, ebenfalls blühend.
»Sie sprechen italienisch, Jakob?« wunderte sich Adele.
»Wußten Sie das nicht, Adele? Nach dem Kriege, als wir alle sehr sonderbaren Tätigkeiten nachgingen, war ich Importeur italienischer Seidenstrümpfe. Ich habe sie im Rucksack über die Alpen getragen.«
»Das ist ja ganz was Neues, was man da hört.«
»Irgendwas zu sagen gegen italienische Seidenstrümpfe?«
»Überhaupt nicht«, lachte Adele, »in jener Zeit, die Sie da erwähnen, wäre ich gerne mit Ihnen bekannt gewesen, damals war ich groß in Kaffee.« Sie lachte: »Das wäre etwas gewesen: Kaffee und Seidenstrümpfe. Unschlagbar wären wir gewesen.«
Am nächsten Morgen fuhren sie langsam weiter, sie überschritten die Grenze nach Italien.
Der italienische Grenzbeamte prüfte die Pässe, sah Jakob an, sah noch mal in den Paß.
»Ihr Geburtsdatum, Jakob«, flüsterte Adele, »er glaubt es nicht.«

Der Italiener lachte plötzlich, legte die Hand an die Mütze, war fast feierlich, als er sagte: »Herzlich willkommen.«
»Sehen Sie«, sagte Adele, »hier in Italien ehrt man das Alter.«
»Die Italiener sind überhaupt nette Leute«, sagte Jakob, »sie haben eine besondere Beziehung zum Leben. Sie genießen den Augenblick.«
»Was nicht so einfach ist, Jakob. Gewöhnlich lebt man zurück oder nach vorn, die meisten können mit dem ganz schmalen Moment, der das Jetzt ist, nicht viel anfangen. Ich kann das auch nicht, oder sagen wir so, ich habe Schwierigkeiten damit. Ich fange jetzt erst langsam an, im Jetzt zu leben, so daß sich Jetzt an Jetzt reiht.« Sie lachte: »Was ist das? Die Panik des Alters?«
»Nein, nur der richtige Umgang mit der Zeit. Wir denken alle immer voraus, was wir tun werden, was wir erleben werden, unsere ganze Phantasie, Erwartung geht nach vorn und immer wieder nach vorn, so daß wir das Jetzt verpassen oder es nicht würdigen.«
»Das Jetzt verpassen?« Adele atmete tief auf. »Das darf uns nicht passieren, Jakob.« Sie lachte plötzlich: »Wissen Sie, was ich tue, Jakob: Ich ziehe das Jetzt lang und länger, ziehe es nach vorn und rückwärts, ich will im Jetzt baden.«

»Baden Sie, Adele«, sagte Jakob, murmelte: »Da ist der Ortasee.«
Sie hielten den Wagen an.
Adele flüsterte: »Wo sind wir, Jakob? Sind wir im Paradies?«
»Nun –« sagte Jakob, »was ein Paradies ist, darüber müssen wir noch sprechen, aber was wir hier vor uns sehen, ist ein Teil davon, ein unglaublich schöner Teil.«
Der See lag ganz ruhig. Er schien wie ein Spiegel zu sein, auf dem sich Lichter bewegten, Sonnenlichter, als habe sich ein Funkenschleier auf der Wasseroberfläche niedergelassen.
Dieser Funkenschleier bewegte sich träge, minimal und sprühte trotzdem mit seinen Lichtpunkten, so als atme der See, als atme er Licht aus und ein.
Jakob und Adele stiegen aus.
»Man kann einfach nicht sitzen bleiben«, sagte Jakob. »Weltansichten dieser Art haben es nicht verdient, im Vorüberfahren betrachtet zu werden.« Er seufzte: »Was man gewöhnlich tut. Wir fahren daran vorbei oder fliegen darüber weg, das Auge trinkt, als könne es nicht genug kriegen, und wird doch nicht satt.«
Sie standen eine Weile da, und es teilte sich ihnen die Ruhe mit. Die Ruhe, die nicht erkennbar ist,

wenn man sich eingespannt sieht in Zeitabläufe. Erst das Jetzt, das tief empfindende Jetzt, öffnet die Schatzkammer. Die Ruhe vertieft sich, enthüllt und verändert alles. Mühsam löste sich Adele von den Bildern.

»Jakob –« flüsterte sie, »man könnte hier stehenbleiben, nicht wahr?«

»Es gibt eine Legende, Adele. Ein Mensch stand an einem Ort, der ihm gefiel. Er sagte: Gott, der Ort hier ist so schön, hier möchte ich bleiben. Da erfüllte Gott ihm diesen Wunsch. Er verwandelte ihn in einen Baum, der bekam Wurzeln, griff damit in die Erde, um sich zu halten, und steht seitdem an jenem Ort.«

»Eine schöne Legende. Jakob –« lachte sie, »es kribbelt in meinen Füßen, bekomme ich Wurzeln?«

»Dann steigen Sie schnell ein. Noch zu früh, hier Wurzeln zu schlagen.« Sie stiegen wieder ein und fuhren in den Ort. Sie parkten den Wagen und sahen sich um. Adele flüsterte: »Die Zeit, Jakob. Was ist mit der Zeit?«

»Es gibt sie nicht mehr. Die Vergangenheit ist heute.«

Der Ort zeigte sein uraltes Gepräge, eine Ansammlung alter Häuser, alter Gassen, alter Kirchen.

»Nicht wahr, Adele, man hört die Häuser reden. Der ganze Ort redet, spricht mit einem.«
»Ja, ich höre es, es ist wahr, Jakob, die Vergangenheit ist heute, und wenn die Vergangenheit heute ist, dann ist heute vielleicht auch die Zukunft.«
Jakob antwortete nicht.
»Ich glaube, Adele, wir werden uns hier wohl fühlen. Der Ort spricht so mit uns, daß wir überlegen müssen, was wir ihm antworten.«
»Wie finden wir das Schloß, Jakob?«
»Hm –« meinte Jakob, sah sich um und entdeckte einen jungen Italiener, der sich soeben in seine Zeitung vertiefen wollte.
»Signore«, sprach Jakob ihn an, »ich habe hier eine Adresse von einem Haus. Können Sie mir helfen, uns zeigen, wo sich das Haus befindet?«
Er reichte dem jungen Mann den Zettel mit der Adresse.
Der las, sah Jakob an, dann Adele.
»Hallo«, sagte er, »was wollen Sie denn dort. Der Besitzer ist nicht da. Der ist in USA bei seinen Kindern.«
»Wir haben das Haus gemietet.«
Der Italiener pfiff durch die Zähne. »Sie beide?« fragte er, »Sie beide allein?«
»Wir beide allein«, sagte Jakob.

»Es ist ein riesiges Haus.«

»So haben wir wenigstens Platz«, murmelte Jakob, »in einer Welt, in der es immer enger wird.«

Der junge Italiener lachte: »Ich fahre mit Ihnen, ich zeige Ihnen das Haus.«

Adele: »Kann er uns fahren, Jakob? Nein –« verbesserte sie sich, »kann er den Wagen fahren, langsam fahren? Können wir neben ihm hergehen?«

»Warum das, Adele?«

»Ich möchte das alles hier – einatmen.«

»Hm –« meinte Jakob, wandte sich um zu dem jungen Mann, erklärte ihm, was Adele gern möchte, sagte ihm, daß sie das, was sie sehe, einzuatmen wünsche.

»Einzuatmen?« fragte der junge Mann verdutzt, sah auf Adele, lachte dann plötzlich.

»Si, Signora«, sagte er, »atmen Sie nur ein.« Zu Jakob sagte er: »Es hört sich an, als habe sie eine Zeile gesagt aus einem Gedicht.«

»Die Dame –« erklärte Jakob, »hat viele Gedichte in sich. Sie bewegen sich gerade sehr stark.«

Der junge Italiener nickte, sah wieder Adele an und sagte: »Signore, die Dame ist eine Dame, die man lieben muß, wegen solcher Sätze, die sie sagt.«

Er setzte sich an das Steuer und fuhr langsam los. Adele und Jakob folgten.
»Was hat er gesagt?« fragte Adele.
»Er sagte, er liebe Sie.«
»Jakob«, sah Adele ihn streng an.
»Ich sagte: Junger Freund, der Platz ist schon besetzt.«
Adele hielt sich am Arm Jakobs fest. Langsam gingen sie die Straße hinauf.
»Merken Sie schon etwas, Jakob?«
»Was soll ich merken?«
»Wir reden schon anders miteinander, leichter, leichtsinniger und selbstverständlicher. Es ist, als möge die Luft den Leichtsinn, unseren Leichtsinn. Sagen Sie dem jungen Mann, ich liebe ihn auch.«
»He –« sagte Jakob.
»Wer glücklich ist, Jakob, sieht sich um, wen oder was er lieben kann. Ich nehme alles.«
Jakob lachte herzlich.
Adele betrachtete die alten Häuser, die Bögen und Erker, genoß die alten Farben, den Charakter der Häuser, das waren keine Profanbauten, keine zweckgebundenen Bauten. Man sah ihnen keinen Zweck an, sie waren menschlich, als hätten sie das lange in ihnen gelebte Leben wie im Wiederschein nach außen gekehrt.
»Ein menschlicher Ort, Jakob«, sagte Adele,

»was für einen Schönheitssinn hatten die Leute, die diesen Ort gebaut haben. Und warum ist er verloren gegangen?«

»Der Fortschritt, Adele, das, was man dafür hält, hat die Welt verändert. Der Mensch hat möglicherweise sein Maß verloren. Er geht nicht mehr, er fährt oder fliegt, er hat das Maß seiner Bewegung ebenso verloren wie das Gefühl für Zeit. Hier ist, hier war noch alles im Einklang, die Bewegung, die Zeit.«

»Jakob«, sagte Adele, »hier wird uns ein Geschenk gemacht. Sehe ich das richtig?«

»Ja, Adele, noch gibt die Welt Geschenke, für den, der sie haben will, aber nur für den.«

Dann sahen sie das Haus.

Adele blieb fast erschrocken stehen. Das alte Gemäuer, die alten Steine, die vorgewölbten Terrassen, diese Aufgänge, diese alte Pracht, eine stolze Bescheidenheit.

»Hm –« sagte Jakob, wie es seine Art war, wenn er beeindruckt war und einen Moment der Sammlung benötigte.

»Das ist es also, Adele.«

Adele murmelte: »Ich will noch nichts sagen. Sie erlauben mir, noch nichts sagen zu dürfen?«

»Ich erlaube es Ihnen.«

Der junge Italiener war ausgestiegen. Er fragte:

»Haben Sie gewußt, was Sie mieten? Es gibt viele schöne Häuser hier in Orta, aber dies ist eines der schönsten.«
»Ich glaube es«, sagte Jakob, »lassen Sie uns noch einen Moment hier stehen? Vielleicht läuten Sie mal. Hat so ein Kastell eigentlich eine Türglokke?«
Der Italiener stieg die Steinstufen hinauf, klopfte laut an die Tür.
»Jakob –« flüsterte Adele, »es ist wirklich sehr groß. Nicht zu groß?«
»Wir kaufen es nicht, Adele.«
»Na, das wäre was«, lachte sie, blieb aber besorgt: »Jakob, ist es nicht zu protzig?«
»Was so im Maß ist und so der Geschichte gehört, kann nicht protzig sein.«
»Na ja«, meinte Adele, faßte das Haus nun etwas fester in den Blick, »also dann.«
Das Portal hatte sich mittlerweile geöffnet, eine ältere Frau blickte heraus, sprach mit dem jungen Italiener, sah auf Jakob und Adele und kam dann eilig die Stufen herunter.
Sie lachte, streckte die Hand aus, schüttelte erst die Hand Adeles, dann die Hand Jakobs.
Dann sprudelte sie los, während ihr Gesicht einen unzerstörbaren Ausdruck von Herzlichkeit zeigte.

»Übersetzen Sie, Jakob«, bat Adele.
»Sie sagt, sie freue sich, uns begrüßen zu dürfen. Sie habe uns schon erwartet. Sie freue sich besonders, daß wir ältere Leute sind. Sie hätte zwar keine Angst vor jungen Leuten, man müsse sie lieben, aber ihre besondere Zuneigung gehöre den Kindern und alten Leuten.«
»Hm –« meinte Adele, »Kinder und alte Leute? Sie sagt das in einem Satz?«
»In einem Satz, Adele.«
»Was haben Kinder und alte Leute miteinander gemeinsam?«
»Unschuld, Adele.«
»Na, hören Sie –« wunderte sich Adele.
»Kinder verlieren ihre Unschuld, alte Leute gewinnen sie zurück.«
»Ist das eine wissenschaftliche Meinung?«
»Nein, eine viel bessere: eine persönliche.«
»Hm –« meinte Adele wieder, »ich werde darüber nachdenken, wie unschuldig ich bin.«
Sie gingen ins Haus.
Adele blieb in der Eingangshalle stehen. Der Boden war aus Marmor, die Wände getäfelt, eine Treppe aus dunklem Holz zog sich gemächlich nach oben. Die Wände zeigten roten Samt, und auf dem Samt sah man in schweren vergoldeten Rahmen alte Bilder, mit abgedunkelten Farben.

»Kommen Sie nur«, sagte Maria und ging beiden voraus.
Sie zeigte ihnen die Zimmer. Auch diese Zimmer waren groß und hoch, hatten Kassettendecken und zeigten eine vornehme Zurückhaltung.
»Gefällt es Ihnen?« fragte Jakob.
Adele ging durch den Raum, sah durch eines der hohen Fenster hinaus. Man blickte auf eine Terrasse, die mit einer steinernen Balustrade geschützt war vor einem Abhang, der Blick fiel darüber hinweg auf den See und auf die Insel im See.
Adele wandte sich um.
»Jakob«, sagte sie, »es ist, als werde uns erlaubt, uns etwas vorzustellen.« Sie holte Atem: »Unser Haus. Wenn es dies auch nur für eine Weile ist, aber es ist – unser Haus.«
Sie lachte plötzlich: »Ich habe Ihnen erzählt von dem Jungen, mit dem ich mal durchgebrannt bin. Wir suchten uns eine Pension, nachts, und es regnete – und sie hatten keinen Platz in der Herberge. Kein Haus, Jakob.« Wieder holte sie Atem. »So bin ich durch das ganze Leben gerannt, und eigentlich war es immer nachts, und es regnete, stürmte, und es gab keinen Platz in der Herberge, nur mal hin und wieder, der Koffer blieb eigentlich immer gepackt.«
Sie sagte leise: »Kein Haus, Jakob. Immer nur eine

Vorstellung davon. So wie dieses hier auch nur eine Vorstellung ist.«

»Adele«, sagte Jakob, »die Erde bewegt sich unter unseren Füßen, wir alle möchten sie mal anhalten, daß wir den Punkt finden, auf dem die Füße zur Ruhe kommen.«

»Und das geht nicht?«

Jakob sah sie ruhig an. »Für Augenblicke geht es. Aber man muß den lieben Gott bitten, daß er hilft, daß er für jeden mal die Erde anhält, für einen Atemzug und uns zu Gefallen. Aber den Moment, diesen winzigen Moment sollte man nicht verpassen, den Moment, den er jedem mal schenkt – ehe er dann wieder die Zeit in Gang setzt.«

»Hm –« sagte Adele ihrer Gewohnheit gemäß und immer dann, wenn es ihr ein wenig die Sprache verschlagen hatte.

Maria kam herein, sagte etwas zu Jakob.

»Ich gehe mal einen Moment hinaus, Adele.«

»Gehen Sie nur, ich bleibe hier, ich möchte den Moment nicht verpassen, da soeben die Erde für mich angehalten wurde.«

Jakob lachte.

»Wenn Sie den Moment überstanden haben, dann kommen Sie hinaus auf die Terrasse. Maria hat uns Brot, Käse und Wein zurechtgemacht.«

»In Ordnung, Jakob«, sagte Adele wie träumend.
Jakob ging hinaus, und Adele war nun allein im Zimmer. Sie bewegte sich hin und her. Die alten Holzdielen unter ihren Füßen quietschten ein wenig. Leben, dachte Adele, überall Leben, das Haus hat einen Atem, einen langen, ruhigen Atem, und ich glaube, auch ich werde einen langen, ruhigen Atem bekommen.
Sie war plötzlich so schwach in den Füßen, daß sie sich setzen mußte.
Sie dachte: Adele, da bist du nun fünfundsiebzig Jahre lang durch das Leben gerannt und kaum zum Atmen gekommen, du warst eigentlich immer außer Atem, voll und ganz beschäftigt, nicht zu leben, nein, sich gegen das Leben zu verteidigen. Immer warst du zwischen mehreren Plänen, Absichten, Aufgaben. Und kamst nie zur Ruhe.
Sie dachte an ihre Flüchtlingszeit, an das Fahren in überfüllten Güterzügen, als die Kälte, die Winterkälte, keine normale Kälte war, sondern eine weitaus schlimmere, weil sie nicht nur von außen kam, sondern auch von innen aus der totalen Verlorenheit heraus. Sie sah die Frauen, die die gefrorenen Gesichter ihrer Kinder mit dem Atem aufzutauen schienen, sie hatte unendlich viele Tote gesehen, Erschlagene, Verbrannte, Erschossene

oder auch Leute, die sich schweigend zum Sterben niedergelegt hatten. Wie unbegreiflich war das alles gewesen. Da es nicht zu begreifen war, war es abgesunken in die Tiefe der Seele, wo sich alles Unbewältigte einen Platz gesucht hatte, sich halb verbarg, sich ab und zu ins Bewußtsein brachte. Kam das alles jetzt hervor, erhob es sich, bewegte es sich, brachte es sich jetzt zurück in die Gegenwart? Und in einem so glücklichen Moment? Warum tat es das? Weil es nicht vergessen werden sollte? War das alles nicht nur deshalb zu ertragen, weil es vergessen war?

Adele seufzte. Aber das alles – gehörte ja dazu, es gehörte auch zu diesem Moment. Es wollte mitgenommen werden, als Last auf dem Buckel, mitgenommen werden – wohin? Nach Feuerland?

»Wo bleiben Sie, Adele?« rief Jakob von außen.

Jakob, dachte Adele. Auch er hat irgendwo sein Vergessenes, das, was nicht zu vergessen ist.

Ich werde ihn fragen, dachte Adele, wie er mit seinem Vergessenen umgeht. Sie atmete tief auf. Du liebe Zeit, dachte sie, hast du dir nicht den falschen Augenblick ausgesucht, um an traurige Dinge zu denken? Andererseits, dachte sie, wollen vielleicht auch die ganz traurigen Dinge mitgenommen werden in eine Art von Freiheit. Um Himmels willen, dachte sie, was für eine Freiheit meine ich?

Sie seufzte, ging an das Fenster, öffnete es, schwenkte den riesigen Flügel auf.
Auf der Terrasse war ein Tisch gedeckt, er stand nahe an der steinernen Balustrade, über dem See, der sich im Abendlicht einen Schimmer von Gold zugelegt hatte, das sanfte bleiche Mykene-Gold.
»Ich komme«, rief Adele, verließ den Raum, sah sich um in dem roten Marmor, fand die Tür, die auf die Terrasse führte. Ihr Schritt wurde immer leichter. Himmel, dachte sie, ich habe eine Erkenntnis gewonnen. Man muß alles mitnehmen, das Schlimmste, das Traurigste im Leben, vergessen wäre falsch, man muß es mitnehmen in die Gegenwart, besonders wenn sie eine so glückliche Gegenwart ist.
Auf der Terrasse bot sich die volle Schönheit dieses Ortes dar, was für ein Szenarium! Ein Himmel, der sich zart wölbte über einer Landschaft, die so schön war, natürlich schön und menschlich schön. Menschlich schön, weil es Menschen waren, die die Landschaft geprägt hatten, mit Häusern, Höfen, Gärten, Feldern.
»Adele«, sagte Jakob, »Sie sehen hier ein Land, in dem Natur und Mensch noch in aller Ruhe Hand in Hand gingen, die Natur gab sich dem Menschen hin, der Mensch gab sich der Natur hin, in einer Verbindung, der Gott seinen Segen gab.«

»Hm –« meinte Adele, »der Gegenbeispiele gibt es viele.«
»Ja«, murmelte Jakob, »die Beispiele mehren sich, in denen sich zeigt, wie der Mensch die Natur erschlägt. Er erschlägt sie brutal und rücksichtslos in Mördermanier. Und die Natur wird zurückschlagen, ebenso brutal und in Mördermanier. Der Frieden ist gebrochen worden, jener Frieden, den es hier noch gibt.«
»Also«, lächelte Adele, »bitten wir unsererseits die Natur um Verzeihung und genießen wir den Augenblick, da der liebe Gott die Zeit für uns angehalten hat.«
Sie setzten sich. Die Luft war sanft, in der Wärme ein leichter Hauch von Kühle, von Frische, gerade soviel, daß man in der Wärme nicht matt wurde, es war die unglaubliche Frische von Luft und Erde, die einen schöpferischen Einfluß ausübt.
»Jakob«, sagte Adele, »Sie sagten einmal, jeder Mensch habe Gedichte in sich?« Sie lächelte. »Meine bewegen sich in mir, sie werden ganz unruhig.«
»Was ihnen zusteht«, sagte Jakob.
Sie saßen an einem Steintisch. In den Gläsern funkelte der Wein.
»Der Wein wächst hier. Sie können das Land hier nicht nur einatmen, Sie können es auch trinken.«

»Das werde ich tun, Jakob.«
Sie hob das Glas, sie tranken den Wein, das Mykene-Gold des Sees wurde noch sanfter.
Maria hatte das Abendessen im Speisesaal bereitet. Sie hatte vorher gefragt: »Wo wollen Sie essen? Sie können auf der Veranda essen. Aber auch im großen Speisesaal, ich könnte Feuer machen im Kamin.«
»Was bevorzugen Sie, Adele?«
Adele mochte sich nicht gleich entschließen, besah sich die Veranda und dann den großen Speisesaal. Der Speisesaal ging über zwei Stockwerke, hatte eine riesige Decke, die Wände waren bedeckt mit Gemälden, und der Kamin wirkte fast wie ein kleines Haus. Der Tisch war sehr lang, dunkelbraun im Holz und von schönem, mattem Glanz.
»Hier, Jakob«, sagte Adele.
»Warum hier, Adele?«
»Ich spüre etwas, Jakob. Die Menschen, die hier gegessen und getrunken haben, in so vielen Jahrhunderten, sie sind alle noch da, als habe sich der Klang ihrer Stimmen, ihr Gelächter vielleicht und vielleicht auch ihr Gesang hier niedergeschlagen, bedecke die Wände noch.«
Lebhaft fuhr sie fort: »Wir sehen immer nur uns, unsere Generation. Wir empfinden Entfernung zu

unseren Kindern, und unsere Kinder verlieren die Verbindung zu uns. Aber hier fühlt man sich plötzlich eingebunden in den Weg der Generationen. Jetzt sind wir es, die hier essen und trinken, und dann werden es andere sein. Und vielleicht hat sich dann an diesen Wänden niedergeschlagen, was wir gesagt und gedacht haben.«

»Ja, die Italiener haben ein stärkeres Gefühl für Traditionen.«

»Haben wir es verloren, Jakob?«

»Wir haben Angst davor. Die Generation von heute hat Angst vor der vorhergehenden, sie will neu anfangen, völlig neu.«

Leise setzte er hinzu: »Und das geht nicht. Und eben das wissen sie noch nicht.«

»Etwas ist sonderbar, Jakob. Als ich allein im Zimmer war und einen wirklich glücklichen Augenblick genoß –« sie lachte, »ich habe es Ihnen geglaubt, daß Gott zuweilen für jemanden Welt und Zeit anhält.« Sie holte Atem: »Da dachte ich plötzlich an den Krieg, und es kamen mir, ohne daß ich es wollte, die schrecklichsten Dinge in Erinnerung. Ich dachte an das geschmolzene Glas unserer Fenster auf dem Mantel meiner Mutter, daran, daß ich durch die Elbe geschwommen bin, um den Russen zu entkommen. Ich dachte, ich hätte dies alles vergessen.«

»So«, sagte Jakob ruhig, »daran haben Sie gedacht?«

»In solch einem Augenblick.«

»Wie haben Sie sich das erklärt?«

»Könnte es sein, daß man nichts vergessen darf? Daß man alles mitnehmen muß, das Schreckliche ebenso wie das Schöne.«

»Tja –« murmelte Jakob, »und eben dies wissen unsere nachgeborenen Generationen nicht. Das gibt ihnen einen so unglaublich taumelnden Schritt.«

Maria schien sich zu freuen, daß Jakob und Adele im großen Raum zu essen gewünscht hatten. Sie sagte, sie habe viele Gäste gehabt, fremde Gäste aus vielen Ländern.

»Die meisten«, sagte sie, »haben sich das Haus angezogen wie einen Anzug, der ihnen zu groß ist.«

Sie kicherte, zeigte ihre Sympathie ganz offen. »Für die meisten ist dieses Haus ein Museum. Der Herr, dem es gehört, hat auch die Beziehung dazu verloren. Er wohnt gewöhnlich in Mailand, er ist selten hier, und seine Kinder leben sowieso in einer anderen Welt.«

»Ja, in Amerika«, sagte Jakob, »man hat es uns erzählt.«

»Amerika, Signore«, sagte Maria, breitete die

Arme aus, als müsse sie zu diesem Thema nicht mehr sagen. Sie sah Jakob und Adele fast ein wenig feierlich an: »Fühlen Sie sich wohl hier.«

»Das wollen wir auch tun, Jakob, nicht wahr«, fragte Adele, blieb eine Weile stumm, ehe sie fortfuhr: »Wir wollten nach Feuerland, Jakob.«

»Wollten wir, Adele.«

»Ist es ein Traumland?«

»Das ist es sicher nicht.«

»Was ist es, Jakob?«

Er zögerte ein wenig, hob dann den Kopf. »Mehr«, sagte er lakonisch. »Es ist ein Ziel, eine Vorstellung von einem Ziel. Wir denken, daß wir auf etwas zugehen. Und daß dies ein Punkt ist, der ein wenig höher liegt, so als ob der Weg nach oben geht.«

»Geht er nicht nach oben, Jakob?«

»Ich weiß es nicht.«

»Denken Sie an den Schriftsteller, der aufgehört hat zu schreiben?«

»An den denke ich öfter als mir lieb ist.«

»Sie wollen sich gegen ihn wehren?«

»Mit aller Kraft, Adele.«

»Aber Sie tun es ohne Überzeugung?«

»Das will ich nicht sagen«, murmelte Jakob, »ich glaube nur, daß wir es aus eigener Kraft nicht schaffen.«

»Wer soll uns helfen?«

Das Feuer im Kamin knisterte, loderte zuweilen auf, sprühte Funken. Von den Wänden sahen ein paar Leute in weißen Halskrausen und in bunten Uniformen herunter.

»Jakob«, sagte Adele fest, »wir machen uns sehr wichtige Gedanken. Sind wir nicht die falschen Leute dafür?«

»Warum sind wir die falschen Leute?«

»Wir bewirken doch nichts mehr. Es könnte uns die schönste Erkenntnis heimsuchen. Wäre sie bei uns nicht ganz vergeblich, sozusagen am falschen Platz?«

Jakob lachte herzlich. »Eine schöne Erkenntnis, wie Sie sagen, ist niemals am falschen Platz.« Er sah sie neugierig an: »Haben Sie eine solche?«

»Nein, nein«, sagte Adele, meinte dann: »Aber irgend etwas bewegt sich in mir. Nicht nur die Gedichte, die ungeschriebenen, die sich bemerkbar machen, vielleicht auch ist etwas dabei, was man eine Erkenntnis nennen könnte.«

»Adele«, lachte Jakob, »es müßte schon eine fundamentale sein.«

»Eine, mit der man etwas bewirken könnte?«

»Ja, mit der man etwas bewirken könnte.«

»So, daß der Schriftsteller wieder anfängt zu schreiben.«

»Das wäre zu wünschen.«
»Jakob«, atmete Adele tief auf, »ich fürchte, das schaffe ich nicht. Von so fundamentaler Art sind meine Erkenntnisse nicht.«
Sie schliefen sehr gut, und Adele wachte erfrischt auf. »Jakob«, sagte sie, »ich habe geträumt, einige der seriösen Herren auf den Bildern im großen Speisesaal waren herabgestiegen aus ihren Rahmen, umstanden mich und sahen mich besorgt an, als wären sie Ärzte.«
»Was wollten sie von Ihnen?«
»Vielleicht hat ihnen meine Bemerkung mißfallen, daß ich mir keine fundamentalen Erkenntnisse zutraue.«
Sie frühstückten wieder auf der Terrasse. Sie sahen auf die Klosterinsel im See, sie lag wie auf einem Spiegel, fern von jeder Realität, als sei sie als Bild gedacht und solle als Bild bleiben, als Beispiel von Schönheit und traumhafter Entfernung aus aller Realität.
Adele sagte: »Ich sage Ihnen gleich, Jakob, daß mir heute nacht etwas zugewachsen ist.«
»Was ist Ihnen zugewachsen?«
»Eine Art von Leichtsinn, die einer Frau von nunmehr fünfundsiebzig Jahren nicht zusteht.«
»Was steht einer Frau von fünfundsiebzig Jahren zu, Adele?«

»Zurückhaltung, Zurückgezogenheit, Bewegungen, die sehr langsam sind, eine gemäßigte Redeweise, kleine Schritte, suchender Blick, eine Ach-ich-bin-so-arm-Haltung.«

»Das alles haben Sie nicht?«

»Ich bin weit entfernt davon. Jakob, ich bin abenteuerlustig.«

Die Luft war warm, behielt aber ihre aufregende Frische. Nach dem Frühstück machten sie sich auf den Weg, spazierten durch den Park, in dem das Haus lag. Irgendwelche Vorfahren hatten sich große Mühe gegeben, Wege angelegt, Zypressen gepflanzt, die nun dunkel und riesig schmale Wege flankierten, Oleander blühte, das Land ging über in Weinberge, die anstiegen, sich verloren zwischen Hügelketten, in denen wieder Häuser lagen, Steinhäuser, kein fremder Ton, keine fremde Farbe in der Landschaft.

Adele dachte daran, was Jakob gesagt hatte: Das Land und die Menschen gehen hier noch Hand in Hand, eine Verbindung, der Gott seinen Segen gegeben hat.

»Ein bißchen träumen wir, nicht wahr, Jakob?«

»Es gibt berühmte Philosophen, die der Meinung sind, daß wir alles träumen.«

Adele sagte langsam: »Nun, nicht alles, Jakob, was wir erlebt haben, war einen Traum wert.« Sie

ließ den Blick über das Land wandern und sagte dann: »Aber vielleicht werden wir jetzt entschädigt.« Sie fragte: »Kann man das so sehen?«
Sie wanderten über dieses herrliche Land, streiften mit den Händen Blätter und Blüten. Es war, als zwinge alles zur Zärtlichkeit, zur Berührung.
»Nicht wahr –« sagte Adele, »hier bekommt man ihn, den ruhigen Blick, den alles umfassenden Blick, den Blick, der nicht oberflächlich ist, einen durchdringenden Blick, dem nichts selbstverständlich ist.«
»Das Selbstverständliche hat keinen Wert, Adele, oder nur sehr geringen. Sehen, Adele, muß man lernen. Lernen und lehren. Kurse müßte man geben, schon den Kindern sagen, wie sie sehen müssen, daß sie begreifen, in was für einer Welt sie leben.«
»Das wußte ich schon als Kind, Jakob. Wissen Sie, was ich gemacht habe in einer Situation wie dieser?«
»In was für einer Situation sind wir?«
»Jakob, es gibt mehrere Arten zu leben, man kann nur so dahinleben, was sehr viele Leute tun und wogegen nichts zu sagen ist, dann gibt es gemäßigt bewegtes Leben, stark bewegtes Leben, intensives Leben –«
»Das man woran erkennt?«

»Alle Sinne sind in Aufregung, in Aufruhr, mobilisiert, die Sensoren sind in voller Tätigkeit, der Gaumen schmeckt, das Auge sieht, das Ohr hört, alles will alles erfassen, richtig erfassen, vollständig erfassen, nichts bleibt unberücksichtigt.«

»Sie beschreiben sich jetzt selbst, Adele?«

»Ja. Solche Augenblicke hatte ich auch früher, als ich jünger war, nein, ich muß es genauer sagen, als ich Kind war. Als Kind lebt man in aller Unschuld, in Unwissenheit so intensiv. Ich habe, wenn ich gerade eine Wiese zur Hand hatte, kobolzgeschossen.«

»Kobolzgeschossen?«

»Nun sagen Sie nur noch, Sie kennen diesen Ausdruck nicht. Man beugt sich herunter, man nimmt Anlauf und dann rollt man über den Boden und juchzt und schreit dabei.«

»Falls man gerade eine Wiese zur Hand hat.«

»So ist es, Jakob. Asphalt und Beton haben uns das Kobolzschießen abgewöhnt.«

»Wonach Ihnen wäre, in diesem Augenblick?«

»Ja, Jakob.«

»Tun Sie es, Adele. Eine Wiese ist zur Hand und was für eine.«

»Soll ich's tun?«

»Ich sehe das Blitzen in Ihren Augen, Adele, aber ich möchte Sie auf etwas hinweisen. Wir sind alte

Leute, Adele, ich fürchte, kobolzzuschießen ist die falsche Art, der Erde zu zeigen, daß man sie liebt, wir werden uns die Beine brechen.«
»Und wenn wir es ganz vorsichtig machen?«
»Kann man das? Vorsichtig kobolzschießen?«
»Man könnte sich setzen«, sagte Adele, blitzte Jakob an, »setzen wir uns?«
Sie setzten sich auf den Boden. Sie saßen inmitten einer prachtvollen Wiese, die mit wütendem Eifer gerade alles nach außen gestülpt hatte, was an Schönheit in ihr steckte.
»Wir machen es eben ohne Anlauf, Jakob.«
Sie beugte sich herunter, kippte seitlich um, gab sich einen Ruck, stieß sich ab und rollte die Wiese hinunter, lag dann auf dem Rücken, sah in den Himmel, der italienisch blau war, durchsegelt von weißen Wolken.
Jakob legte sich auf die Seite, rollte etwas gemächlicher die paar Meter herunter, lag neben Adele.
Sie drehte den Kopf, sah ihn an.
»Wie war's?«
»Es ächzt im Gebälk, Adele. Das Knochengerüst beschwert sich.«
»Nicht darauf hören, Jakob. Ignorieren, solange es geht.«
Nun lagen sie nebeneinander auf einer blühenden Wiese.

»In der Tat –« murmelte Jakob, »ich habe vergessen, wie es ist, auf einer warmen Erde zu liegen. Ich habe es früher ein paarmal versucht und fand es ganz lustig, aber dann verlor sich der Spaß.«
»Verlor sich?«
»Im Kriege verlor er sich. Da habe ich, mehr als mir lieb war, auf der Erde gelegen, mich hineingewühlt, und es handelte sich nicht immer um Blumenwiesen, zuweilen auch um Erde, die gefroren war, von Schnee bedeckt oder von Regen verwandelt in Schlamm.«
Er lachte plötzlich. »Ich erinnere mich einmal an eine Wiese, die ähnlich war wie diese, kräftig in Geruch und Farbe, ich lag mit dem Gesicht zur Erde, so tief heruntergebeugt, wie es nur eben ging, weil ich vor einem russischen Maschinengewehr lag. Ich sah Ameisen, die ihrer Tätigkeit nachgingen, die nichts wußten von Deutschen und Russen und von Maschinengewehren, das gab ihnen einen ungeheuren Vorteil, und ich beneidete sie. Und dachte: Weit gekommen, daß wir, die wir uns die Krone der Schöpfung nennen, Ameisen beneiden müssen.«
Adele streckte die Hand aus, um Jakob zu berühren.
»Sie haben Ameisen beneidet, Jakob. Ich habe mein Leben lang Vögel beneidet.«

»Warum Vögel, Adele?«
»Weil sie fliegen können. Es war Winter, als wir durch die Elbe schwammen, ich hatte meine Tochter auf den Rücken gebunden, wollte, mußte hinüber auf die andere Seite – und sah einen Vogel fliegen von einer Seite zur anderen, ganz leicht, mit wenigen Flügelschlägen war er drüben.«
Sie blieben noch eine Weile liegen, lagen nebeneinander, berührten sich mit den Händen, lagen ganz stumm.
In der Ferne hörte man die Glocke einer Kirche, dann einen Hund und die Stimmen von Menschen, die entfernt vorübergingen.
»Stehen wir auf, Jakob«, sagte Adele, »die Erde ist kühler als die Luft. Man freut sich des Lebens und hat plötzlich Rheuma.«
Jakob lachte. Sie halfen sich gegenseitig beim Aufstehen. Langsam wanderten sie über Feldwege hinunter zum See. »Werden wir den Krieg jemals überwinden, Jakob?«
Er zögerte mit der Antwort, hob dann die Schulter: »Ich weiß es nicht. Um mit dem Dichter zu sprechen, es ist ein Ziel, aufs innigste zu wünschen, aber möglicherweise ist auch der Krieg Teil eines Naturgesetzes.«
»Jakob«, Adele sah Jakob erschrocken an.
»Wir sind alle auf dem Weg zum großen Frieden.«

Langsam setzte Jakob fort: »Meine Meinung ist, alle werden ihn nicht bekommen, den großen, den unendlichen Frieden, es werden immer nur wenige sein, die ihn bekommen werden.«
»Krieg müßte verboten werden«, rief Adele hitzig.
»Und ich wiederhole es«, sagte Jakob ruhig, »den Frieden, den Zustand weit jenseits von Krieg, werden nur wenige erreichen. Es ist eine Sache – des einzelnen, Adele.«
»Dann bekommen wir nie Ruhe in dieser Welt, Jakob.«
»Sieht nicht so aus, aber Sie begreifen hoffentlich, was ich gesagt habe: Der einzelne besiegt in sich den Krieg und alles, was damit zusammenhängt, nur der einzelne.«
Adele dachte nach, sagte dann: »Gut, Jakob, mögen es viele einzelne sein. So kämen wir ja auch vorwärts.«
Sie gingen durch den Ort, durch die alten Gassen, ließen sich wieder gefangennehmen vom Zauber dieses unversehrten Städtchens.
Der Blick ging rundum, erfaßte die alten Häuser, die nicht bloße Gegenstände waren, sondern belebt schienen, als habe sich das in ihnen gelebte Leben in den Wänden abgelagert, dringe nach außen und sei ständig sichtbar, fühlbar.

»Jakob«, sagte Adele trocken, »wir sind nicht die einzigen alten Sachen –«

»– die noch ganz gut erhalten sind, meinen Sie?«

»Das Alte strahlt Würde aus.«

»Vollgesogen mit Vergangenheit. Man sieht sie Steinen ebenso an wie Gesichtern.«

Sie stiegen über das Kopfsteinpflaster die Straße hinan zur Kirche.

»Adele«, sagte Jakob plötzlich. Wir haben davon gesprochen, daß jeder Mensch ein Haus braucht. Dies ist ein Haus. Ein Land kann ein Haus sein, eine Stadt, ein Dorf und so ein Platz wie dieser. Es wölbt sich über einem, schließt ab, bewahrt, und alles spricht mit ganz ruhiger Stimme auf dich ein. Hören Sie, Adele?«

»Ich höre *Sie,* Jakob, und weil ich *Sie* höre, höre ich alles andere.«

Sie gingen weiter. »Darf ich Sie anfassen, Jakob?«

»Tun Sie es nur.«

»Es gibt dafür einige gute Gründe. Einmal: Ich denke immer noch, ich träume, und wer träumt, hat sein Gleichgewicht verloren. Ich brauche Ihren Arm, weil ich nicht hinfallen will. Zum anderen: Ich habe immer gern Leute angefaßt, Leute, die ich mag, selbstverständlich. Leben, Jakob, ist nicht nur Bewegung, sondern auch Berührung.«

Sie liefen sich müde, saßen schließlich in einem Lokal am See. Adele fuhr dann fort:
»Wir sprachen einmal über den Fortschritt, den großen, allgemeinen Fortschritt. Sie sagten: Es käme darauf an, von A nach B zu kommen, Ihre Sorge war, daß wir Punkt A nicht verlassen, B nicht erreichen und schon gar nicht das Alphabet hinaufmarschieren würden. Und ich fragte, wo im Alphabet Sie Feuerland sehen. Sie sagten –«
»Ich weiß, was ich sagte: weit oben.«
Adele murmelte: »Wie weit sind wir jetzt?«
»Ziemlich weit, Adele. Ich will mich da auf keinen Buchstaben festlegen.«
»Schon in Ordnung«, murmelte Adele, sah auf den See hinauf, ein paar Vögel flogen darüber hinweg, aber sie dachte nicht mehr an das Winterwasser der Elbe.
»Jakob«, sagte Adele, »ein bißchen von dem Frieden, den Sie dem einzelnen versprochen haben, spüre ich schon, ein bißchen, es ist noch nicht sehr stark, aber auch das Bißchen ist schon ein großes Erlebnis. Eine Frage: Ist solcher Frieden nicht eine Selbsttäuschung?«
»Nichts, Adele, auf dieser Welt ist absolut. Wir haben nur Ansichten von dieser Welt, wir interpretieren sie mit der Kraft unserer Phantasie und aus einer Situation heraus, die jeweils eine persön-

liche ist. Wenn Sie Frieden empfinden, dann –«
»– dann ist dies nichts Absolutes, sondern eine ganz persönliche Ansicht.« Sie lächelte: »In Ordnung, Jakob. Man empfindet Frieden und möchte ihn wie mit der Gießkanne verteilen, ausgießen so wie seinerzeit der Heilige Geist ausgegossen und verteilt wurde.«
Jakob lachte herzlich. »Der Frieden, Adele, den Sie empfinden, ist Ihr persönliches Eigentum.« Er setzte hinzu: »Und immer leicht zu rauben.«
Man sah jetzt Boote auf dem See. Ein Fischer stand in seinem Boot. Er schien auf der spiegelnden Fläche zu schweben, zu schweben und zugleich gehalten sein.
»Der See mag Menschen«, meinte Adele, »alles hier mag Menschen.« Sie gingen hinauf ins Schloß.
»Ich fühle mich schon zu Hause«, sagte Adele, »und wenn ich mich zu Hause fühle, dann bedeutet das, daß ich dreihundert Jahre alt bin oder vierhundert.«
»Übertreiben Sie es nicht, Adele.«
»Ich gebe nur eine Meinung wieder, die ich schon seit langem habe: Das Leben ist zu kurz, und dies meine ich in bezug auf eine einzige Sache. Man beginnt im hohen Alter langsam dahinterzukommen, was eigentlich gespielt wird, man sieht plötzlich Zusammenhänge, kann die wirklich

wichtigen Dinge endlich mal richtig beurteilen – und was dann? Ab in den Sarg. Zu früh, Jakob, zu früh, um mit dem, was man endlich weiß, noch etwas anzufangen, einzugreifen.«

»Adele«, sagte Jakob, »in unserem hohen Alter zählt jedes Jahr doppelt, womit sich unsere Lebenszeit schon beträchtlich verlängert hat.«

»Ab wann beginnt das, Jakob? Wie alt bin ich inzwischen? Hundert –?«

»Die netteste Hundertjährige, die ich kenne.«

Maria stand im Portal des Hauses.

»Ich habe Sie schon erwartet«, rief sie, »und mir Sorgen gemacht.«

Jakob übersetzte, was Maria gesagt hatte. »Sagen Sie ihr –« rief Adele, »es wäre ganz falsch, sich um uns Sorgen zu machen, da wir gerade so ungeheuer damit beschäftigt sind, uns um alle übrigen Sorgen zu machen, Maria eingeschlossen, alle Bewohner Ortas eingeschlossen, nehmen wir Italien dazu, Europa, die Welt, den ganzen Erdkreis, um den wir uns Sorgen machen.«

»Sie wird es nicht verstehen, Adele.«

»Warum wird sie es nicht verstehen?«

»Weil nur wenige sich Sorgen machen. Man lebt und macht sich nur die kleinen Sorgen, die, die man gerade ertragen kann.«

»Dann sagen Sie es ihr nicht, daß wir uns um den

Erdkreis Sorgen gemacht haben. Was uns übrigens hungrig gemacht hat.«
Sie gingen ins Haus, und in diesem Augenblick läutete das Telefon. Maria meldete sich, wandte sich an Jakob. »Eine deutsche Stimme, Signore.«
Jakob nahm den Hörer ab, meldete sich und rief dann Adele: »Die Familie, Adele.«
Adele stand eine Weile fast betroffen, murmelte: »Ich habe eine Familie?« Sie hob die Schultern: »Was ich fast vergessen habe.« Sie fügte hinzu: »Kann das sein, daß ich deshalb so tiefen inneren Frieden verspüre?«
Sie erschrak ein wenig. »Sie erlauben mir eine Art von fröhlicher Ironie, Jakob?«
»Die einzige Art von Ironie, die erlaubt sein sollte.«
Adele meldete sich am Telefon.
»Mama«, war die Stimme des Schwiegersohns hörbar, »ihr meldet euch gar nicht. Wir sitzen hier alle zusammen und sind ungeheuer besorgt.«
»Warum seid ihr besorgt?«
»Na, du bist gut. Ihr fahrt mit einem Auto durch halb Europa, ein Achtzigjähriger am Steuer. Da soll man sich keine Sorgen machen?«
»Du hörst, daß wir angekommen sind und überdies unversehrt. Nein, unversehrt sind wir nicht.«

»Was ist euch passiert?«
»Ich meine die Eindrücke, lieber Schwiegersohn, die Eindrücke waren ungeheuer stark.«
Adele sah Jakob an, flüsterte: »Kann man mit ihm darüber reden?« Jakob schüttelte den Kopf.
Adele rief also ins Telefon: »Lieber Junge, es geht uns gut. Wir sind gut untergekommen. Das Essen ist hervorragend und das Wetter sehr schön.«
»Na, Gott sei Dank«, kam die Stimme des Schwiegersohnes zurück, »das beruhigt uns.«
Jetzt meldete sich die Tochter. »Ich habe mitgehört, Mama. Wir sind sehr glücklich, daß ihr es gut getroffen habt. Das Wetter ist wirklich schön? Sei dennoch vorsichtig, wenn du draußen bist. Die Abende sind kühl, und ehe du dich versiehst, bist du erkältet.«
»Hallo, Oma«, kam die Stimme der Enkelin, »sind die Italiener wirklich so feurig, wie man immer hört? Du wirst doch Jakob nicht betrügen?«
Adele lachte. »Jakob kann man nicht betrügen. Die Italiener sind übrigens nicht feurig, sondern liebenswürdig. Ein Unterschied, der gering erscheint, aber doch wesentlich ist.«
Seufzend legte Adele den Hörer auf.
»Was war das, Jakob?« murmelte sie.
»Es wurden Postkarten nicht geschrieben, sondern aufgesagt.«

Er lachte: »Aber keine Angst. Soziologisch sind Postkarten von gewisser Bedeutung, nicht von sehr großer Bedeutung, aber sie haben ihren zwischenmenschlichen Wert.«

»Na ja«, sagte Adele, »ich habe ihre Stimmen gehört und sie meine. Solange man noch Stimmen hört, ist man nicht allein auf der Welt.«

Sie aßen wieder im Rittersaal, wie Adele den großen Speiseraum nannte. Sie fühlten sich wieder verbunden mit der Geschichte des Hauses, mit der Vergangenheit, die plötzlich so etwas bot wie einen intensiven Halt.

»Jakob«, murmelte Adele, »wir Deutschen haben keine Vergangenheit. Das scheint ein großer Fehler zu sein.«

»Sehen Sie es anders, Adele. Wir mögen unsere Vergangenheit nicht und haben uns davon getrennt. Und jetzt bemerken wir etwas: Ohne Vergangenheit gibt es keine Gegenwart. Da gehört doch eins zum anderen. Wir haben uns unsere Vergangenheit, wenigstens die jüngste, abgeschnitten wie faules Fleisch und weggeworfen.«

»Was hat das zur Folge?«

»Unglaubliche Irritationen, Haltlosigkeiten, Verwirrtheiten. Da will alles neu geschaffen werden, völlig neu. Da schwirren die Eingebungen wild herum in der Suche nach neuen Mittelpunkten.«

»Eine unruhige Gegenwart für junge Leute.«
»Ja, sie drehen sich um die eigene Achse, und einige vollführen wahre Veitstänze.« Er murmelte: »Kann natürlich auch sein, daß nur so völlig neue Weltansichten entstehen.«
»Mit denen wir nichts mehr zu tun haben?«
Jakob schwieg eine ganze Weile, so als habe Adele etwas gesagt, was ihn betroffen mache.
Er hob die Schultern. »Es sieht so aus, Adele, als haben wir damit nichts zu tun.«
»Aber was schade wäre?«
»Natürlich ist es schade«, rief Jakob. »Wir alten Leute wissen soviel. Unser Verhängnis ist, daß wir den jungen Leuten verdächtig geworden sind. Für sie, wenigstens für die meisten, sind auch wir faules Fleisch zum Abschneiden und Wegwerfen.«
»Hm –« sagte Adele hitzig, »wollen sie die Unschuld neu erschaffen, menschliche Unschuld, irgendwoher nehmen, ausgraben, polieren und hochhalten, aller Welt zeigen? Geht das, Jakob?«
»Es geht nicht.«
»Aber was für ein Versuch, Jakob.«
»Es geht nicht«, sagte Jakob.
»Erklären Sie mir, warum es nicht geht«, rief Adele, sie war fast zornig, sie regte sich auf, sie starrte Jakob an.

»Es gibt immer mal wieder Versuche, gewaltige Versuche, Adele, den sogenannten neuen Menschen zu schaffen und mit ihm eine neue Moral. Und alle diese Versuche, zu neuer Unschuld zu gelangen, endeten immer wieder in Schuld.«
»Verkünden Sie da ein Gesetz?«
Leise sagte er: »Es gefällt Ihnen nicht, was ich sage?«
»Nein, Jakob.«
Adele war ganz ruhig. Sie mochte Jakob nicht widersprechen, es war das erste Mal, daß sie es tat. Im Kamin verglimmte das Feuer. Auf den Gesichtern der Damen und Herren, die aus ihren Gemälden herabsahen, lagen Schatten. In der Nacht schlief Adele schlecht.
Es war, als falle sie zurück durch die Jahre. Sie sah sich wieder durch brennende Straßen rennen, sie sah sich wieder in überfüllten Zügen, stand sie nicht einmal zwischen den Waggons mit vielen anderen auf den Puffern, hatte sie nicht einmal in einem Bremserhäuschen übernachtet, lag sie nicht einmal mit Hunderten von anderen Menschen in einem Wartesaal auf der Erde? Und dann diese verdammte Elbe, die sie im Winter durchschwamm, Marianne, das Kind, auf den Rücken gebunden. Sie schwamm durch das eiskalte Wasser, und sie dachte: Wenn ich drüben ankomme,

bin ich ein anderer Mensch in einer anderen Zeit.
Und im Traum hörte sie noch Jakobs Stimme: Niemand wird auf uns hören. Für unsere Kinder, Enkelkinder sind wir faules Fleisch zum Abschneiden und Wegwerfen.
Adele erwachte schweißgebadet.
»Jakob –« rief sie, »Jakob.«
Es wurde plötzlich Licht. Jakob war hereingekommen.
»Ich habe Sie gehört, meine Liebe. Sie haben gerufen?«
Er setzte sich zu ihr auf das Bett, nahm ihre Hand.
»Ich hatte Angst«, flüsterte sie.
»Na, endlich sprechen wir darüber«, sagte Jakob, lächelte: »Wir haben uns immer etwas vorgemacht, nein, verschwiegen haben wir, daß wir weinen können, geweint haben, daß wir umgeben sind von Weinen, von Schmerzen, von traurigen Schicksalen.«
»Herrgott«, rief Adele, »holt uns das ganze Elend ein? Ich will es nicht mehr, Jakob. Ich will es nie mehr sehen, erleben, nicht einmal darüber sprechen.«
Sie nahm seine Hand, drückte sie, ihre eigene war fieberheiß. »Jakob, was ist nun mit Feuerland?«
Jakob überlegte eine Weile, dann sagte er: »Feuer-

land ist kein Traumland, Adele. Keine schöne Insel in irgendeinem Meer, kein Land des ewigen Frühlings, kein Land ohne Schmerzen und ohne Tod.«

»Was ist es dann?«

»Vielleicht etwas, was wir nie erreichen werden. Und wir sind doch auf dem Wege dahin. Das Wichtige ist Auf-dem-Wege-Sein.«

»Haben wir uns etwas vorgemacht, Jakob, mit dem Ortasee, mit dieser irrsinnig schönen Landschaft? Sind wir romantische Idioten?«

Jakob lachte. »Nein, nein, Adele. Jede Vorstellung, besonders, wenn sie abstrakt ist, braucht ein Bild. Wir haben dieses Bild gefunden, ein wunderschönes Land, in dem unsere Phantasie spazierengeht oder, da Sie Vögel bevorzugen, über das Ihre Phantasie hinwegfliegt.«

Adele atmete tief auf. »Nehmen Sie mich in den Arm, Jakob.«

Jakob tat es, und sie lagen ganz ruhig, halb im Schlaf, halb im Traum.

Am nächsten Morgen frühstückten sie wie gewöhnlich auf der Steinterrasse. Der Morgen tat sein Bestes, um aus dem halben Traum einen ganzen zu machen. Die Landschaft lächelte wie in fröhlicher Ironie, und Adele lächelte ebenso zurück.

Sie gingen hinunter ins Dorf, und als Adele das Kirchenportal offen fand, sagte sie: »Gehen wir hinein, Jakob. Ich kann es mir nicht abgewöhnen, ich stifte gern Kerzen.«
Sie gingen hinein in die halbdunkle Kühle der Kirche, fanden die Kerzen, die brennenden und die, die man stiften wollte.
»Darf ich, Adele«, sagte Jakob und nahm mehrere Kerzen in die Hand: Eine für uns. Eine für alle jungen Leute –«
Adele fuhr fort: »Eine für alle alten Leute –«
Jakob: »Eine für alle, die noch ein ganzes Leben vor sich haben. Und eine für die, die nur noch ein paar Jahre vor sich haben, nur noch ein paar Monate, nur noch ein paar Tage oder nur noch ein paar Stunden.«
Sie traten hinaus ins helle Licht. Das Licht stürzte sich förmlich auf sie, das Leben brandete gleichsam heran, mit Bildern, mit Tönen, mit Gerüchen.
»Jakob«, sagte Adele, »Sie sagten, wir werden Feuerland nicht erreichen. Aber – sind wir dennoch nicht weit gekommen? Vielleicht nicht sehr weit, aber wenigstens ein bißchen weit? Wenn Sie jetzt nicht ja sagen, werde ich böse, und das sollten Sie nicht riskieren.«
Sie nahm den Arm Jakobs, sagte: »So und nun ge-

hen wir hinunter zum See und rudern ein bißchen.«
Und beide gingen zum See hinunter, berührten sich mit den Händen und wußten, daß es Zeit war zu schweigen. Sie hatten erfahren, daß es hinter allen Worten noch etwas gibt, mehr als ein Gefühl, fast schon ein wenig jenseits des Menschlichen, noch menschlich und doch schon mehr als das. Es war so, als hätten sie soeben eine Brücke betreten, die irgendwohin führt und auf der, wenn man sie unter den Füßen hat, jeder gewöhnliche Lärm verstummt und man jenen Frieden spürt, der im Leben so selten ist und für den man endlich Zeit hat.

Herbert
Reinecker

# Die Frauen von Berlin

Roman

Ullstein Buch 20570

ein Ullstein Buch

Der bekannte Film- und Fernsehautor Herbert Reinecker schildert das abenteuerliche Leben einer tapferen jungen Frau in den schrecklichen Jahren des Zweiten Weltkriegs und der Zeit danach. Ein Schicksal, wie es Hunderttausende deutscher Frauen erlitten und – bewältigt haben.

Herbert
Reinecker

# Jakob und Adele

Ullstein Buch 20940

ein Ullstein Buch

Jakob und Adele, die Senioren, haben sich längst in die Herzen der Fernsehzuschauer gespielt. Die schönsten Episoden der beliebten ZDF-Serie mit Carl-Heinz Schroth und Brigitte Horney sind hier nachzulesen.